帝都妖怪ロマンチカ

～犬神が甘噛み～

真堂　樹

集英社文庫

目次

contents

本文デザイン／高橋健二（テラエンジン）

帝都妖怪ロマンチカ

～犬神が甘噛み～

むかし、おほかみ《狼》ありけり

妖怪ラッシュアワー

一

巷《ちまた》でダンスが流行《はや》っている。

明治の時代に行われたのとは似て非なる踊りである。

ジャズが響き、タンゴが噎《むせ》び、チャールストンで陽気に弾《はじ》けてまわる。

男も女も、老いも若きも、上流婦人から将校から俸給生活者まで、舞踏場に通い詰めては夢中でステップを踏む。

スロー、スロー、クイッククイック、スロー、クイック、スロー。

菫《すみれ》色に輝くダンス靴。

洒落《しゃれ》た断髪にダリアの髪飾り。

洋服の裾の真っ赤なビーズが蹴上げられ、血を噴くみたいに跳ねている。

キラと目を射るコンパクトの金と、煙草《たばこ》入れの銀とが、示し合わせて秘《ひそ》かに光る。

息が上がり、目がまわり、熱に浮かされて、夢だか現実だかわからなくなりそうだ。

「先生、一曲お願いできますか？」

「ええ、よくってよ」

紳士は背広で、淑女はドレス。

お辞儀もマナーも心得ているが、汗ばむ手と手、燃えるまなざしが引っついた瞬間、リズムも恋も盛り上がる。

「今夜は僕が送りましょう。帰り道にちょっと銀座《ぎんざ》に寄ってウイスキーでも飲みましょう」

「あら、残念。あいにく先約がありますの。次に指名してくださったときにでも」

女ダンサーが小憎らしく〝ノー〟を言い、楢材《ならざい》のフロアに若者の吐息がこぼされる。

スロー、クイック、スロー。

紳士が追って淑女が逃げる。

スロー、クイック。

女の手管《てくだ》に男がつい迷う。

痴情の末に、モダン花子《はなこ》やモダンお七《しち》ができあがる。

帝都を燃やす火事の出所といえば、大正の地震のあとにはダンス靴の爪先の散らす火花ばかり。

広告塔に円タク。

青バスにネオンサイン。

美人の舞踏教師はコンクリートのアパートメントに同僚たちと住んでいる。ラジオ放送と煙草の煙がうるさくて、庭には近ごろ猫さえ寄りつかない。

騒々しさに虫も獣もそろそろ嫌気が差している。

忍び足で彼らは逃げていく。

物音のしない暗がりへ。

ひっそり湿った郊外へ。

暗くて恐ろしい山のほうへ。

忙《せわ》しなく輝く帝都で、人間だけが相変わらず乱痴気騒ぎをつづけている。

二

昭和三年、秋。

夜半から降りしきる雨にそこらじゅうが鬱陶しく湿っている。

万年筆のペン先が安物の原稿用紙の上をたびたびすべり損ねている。

青みがかったインクが点々と染みている。

雑誌『変態世界』は創刊以来の赤字で、当然ながら画家なぞ雇うゆとりはない。募集をかければ購読者のなかに絵の上手はあるだろうが「これこれこのような絵をいつまでに」と〆切《しめきり》厳守で頼める律儀者を見出《みいだ》すのは難しい。

いきおい編集者は自ら記事を書くだけでなく、挿画仕事もこなさなければならぬ。

「なあ、嘉寿哉《かずや》。それって何だ？」

「この絵が魚に見えませんか？　弐矢《にや》」

「へええ、魚か。てっきり道端に財布が落ちてる絵だと思ったよ」

「隅田川《すみだがわ》に魚が泳ぐ図です。近ごろできたての橋も描いてあります。これが言問橋《ことといばし》で、こっちが清洲橋《きよすばし》。魚が財布に見えるとは、君、視力は大丈夫ですか？」

よければ眼医者《めいしや》を教えましょうと心配されて、弐矢は「えへへ」と喜んでいる。

細い指で銀縁眼鏡をちょっと押し上げ、嘉寿哉は原稿に向き直る。

先ほどから熱心に川の絵を描いている。川には魚のほかにもいろいろなものが浮いている。

神田神保町《かんだじんぼうちょう》。建って間もないコンクリート・ビルディングの三階。雑誌『変態世界』編集部だ。

日々を変態心理学の探究に費やす青年学者、折原《おりはら》嘉寿哉の仕事場である。

折原家の居候にして家事手伝いの弐矢が、ビル二階の自分の職場をまったく放棄して、今日も嘉寿哉にまとわりついている。

嘉寿哉は人間だが、弐矢は人に化けた猫又《ねこまた》である。

嘉寿哉は二十歳《はたち》過ぎの成人男子にしてはごく華奢《きやしや》で、ふと少女にも見紛《みまが》うような一種可憐《かれん》な顔立ちをしている。肌は白磁で、小さな顎がつんと尖《とが》っている。袖口にインクの染みのついたシャツに着古しの背広を引っ掛け、前屈《まえかが》みで仕事に取り組んでいる。

その嘉寿哉に、浅草《あさくさ》の不良〝弁天四郎《べんてんしろう》〟の皮を被《かぶ》った猫妖怪の弐矢がぞっこん惚《ほ》れている。

弐矢は弐矢で抜け目のない野育ちの獣の色気がある。嘉寿哉のお下がりの弁慶縞《べんけいじま》を尻《しり》っ端折《ぱしょ》りにして股引《ももひき》に紺足袋《こんたび》だ。

弐矢の正体を嘉寿哉は知らない。

今年はじめにひょんなことから自宅に転がり込んだ住所不定の青年を、親切心および生活上の必要から、女中代わりに雇い入れたと思っている。

魚にしては角張った格好の浮遊物を描きながら嘉寿哉が口を開く。万年筆をきちんと持つ手の白さに、弐矢はうっとり見入る。

「夏号の連載はまずまず好評だったのでホッとしています。残念ながら女学校風景の挿絵が渾身《こんしん》の出来とまではいかず〝女学生が案山子《かかし》に見える〟などと苦情が寄せられたのが残念な点でした。そのぶん次号は視覚面での充実を図りたいと考えています。弐矢、君の意見は参考になります。忌憚《きたん》ない感想を聞かせてください」

在野の研究者である嘉寿哉は、世間を騒がす怪異や、霊術絡みの事件を解き明かして、その経緯を記事にして発表しているのだ。

季刊誌『変態世界』に連載を抱えている。

春号、第一弾『実録変態事件〜妖術カフェ潜入記〜』。

第二弾、夏号掲載『実録変態事件〜令嬢の園、狐火《きつねび》騒動顚末記《てんまつき》〜』。

第二弾の副題は、最初は〝某女学校狐火事件記録〟であったが、恩師であり雑誌の発行責任者でもある鴨井《かもい》の「昨今の読者の好みを意識して、もう少し装飾的にしてみたらどうかね」との提案に従い、幾分華美な雰囲気を醸してみた。

「女学生同士のSの雰囲気や、深夜に音楽堂の秘密を盗み見るという点に、読者たちはことさら興味をそそられたようです。もちろん雑誌の販売促進という面からすれば、多少扇情的であることに意味もあると認めはしますが、できれば僕は純粋に変態心理というものに興味を持ってもらいたい」

皮膚の薄い眉間に苦悩の翳《かげ》りを刻み、嘉寿哉は溜息《ためいき》をこぼす。

女学校における怪火事件を解決した夏以来、何やら屈託を抱える様子である。

嘉寿哉の悩ましい面持ちが、弐矢は好きで好きで堪《たま》らない。

……ああ、チカそっくりだ。おでこを舐《な》めたら甘そうだ。ちょっぴり下がった口の端の窪《くぼ》みに爪を掛けてキュッと引っ張ってやりたい。

「弐矢、もしや空腹ですか？」

「えっ？　そんなことないよ。朝飯ちゃんと食ったよ」

「そうですか。涎《よだれ》が垂れているので、下の蕎麦《そば》屋でキツネでも頼んだらどうかと……」

「狐っ？　冗談じゃないや、狐なんかまっぴらだ！　狼《おおかみ》野郎のほうがまだマシだ！」

狐と聞いたとたん、ガタンと音を立てて椅子から飛び上がる弐矢に、嘉寿哉が目を丸くして驚く。

百目鬼《どうめき》ビルの一階は蕎麦屋で、二重の目立つ美男の亭主が狐蕎麦の旨《うま》いのを出す。

「どうしました、弐矢。お揚げが好きでないならタヌキでも。給料日前で懐具合に不安があるんでしたら、日ごろのお礼に僕が一杯おごりましょう」

気遣わしげに嘉寿哉がこちらを見るのが弐矢はむず痒《がゆ》いほど嬉《うれ》しいが、あいにく咬《か》んだり味わったりしたいのは油揚《あぶらげ》でも天かすでもなく別のものだ。

天敵の狐妖怪なぞすぐさま忘れて、胸のなかで「ニャアン」と甘く鳴く。「揚げ玉より、あんたの指をねぶりたいよ」とは言えずにプイッとそっぽを向いてすねてやる。

嘉寿哉はまたカリカリと原稿のつづきをやる。

うしろを向いて見えないのをいいことに、弐矢はピョコンとほっぺたに髭《ひげ》をあらわした。ゴシゴシ手でこする。

……ちぇっ。嘉寿哉のやつ、人の気も知らずにさぁ。

机に積まれた本でも蹴落として注意を引こうかと狙うところへ、階段を上がる足音が聞こえてきた。

足音は二匹分である。

「フウッ！」

来訪者が誰だか察知した弐矢はたちまち首筋の毛を逆立てる。

むろん嘉寿哉から見えないようにである。

ドアをガチャリと開けて、まずは苦み走った〝兄ぃ〟があらわれた。

百目鬼不動産と染め抜かれた半纏《はんてん》を逞《たくま》しい肩に引っ掛けている。シャツにズボンに紺足袋に雪駄《せった》履きといういでたちである。

懐にドスを忍ばせ、子分衆を引き連れて川端あたりを歩んでいそうだが、剣呑《けんのん》な目つきとは裏腹の、まるで雪山の峰のようにひやりと整う鼻筋に気品が漂う。

ジロ、といきなり弐矢を睨《ね》めつけて、

「いたか、猫」

「ああ、いたさ。狼」

弐矢が瞳孔を針にしてキリキリ睨《にら》み返す相手は、犬神の白峰《しらね》だ。ゆえあって埼玉は秩《ち》父《ぶ》の山奥から、はるばる帝都東京に出てきた狼妖怪である。

白峰の背後にいま一人、ひょいと顔をのぞかせるものがある。

「ご機嫌よう、折原先生。いひ」

ポマードべったりの頭を突き出して、キョロンとつぶらな目をくるめかす男は百目鬼。本性をあらわせば体中に目玉があるという化け物、百々目鬼《どどめき》である。

弐矢と白峰は百目鬼不動産の社員で、雑誌『変態世界』編集部は百目鬼ビルディングの店子《たなこ》だ。

百目鬼は先見《せんけん》の妖力を使って土地を売り買いし、貯《た》めた金で神保町にコンクリートの三階建てを建てた。

だいぶ傷んできたのでそろそろ乗り換えどきだという体から、大事な目玉を落っことさないよう気をつけつつ、百目鬼社長が嘉寿哉に頭を下げる。

「弐矢くんがまたこちらにお邪魔してるんじゃないかと思いましてね。いえ、特に文句があるというわけじゃありませんが、折原先生の素敵なお目々、もとい、お顔を拝見するついでに迎えにきたんです。そうそう先ほど郵便が来まして、折原先生宛ての封書もありました。郵便受けを別々につけないといけませんねぇ、いひひ」

朝刊がありますがご覧になりますか？　と、手紙と一緒に新聞を嘉寿哉に渡す。

「お手数をおかけしました、百目鬼社長」

封書の差出人をちょっと見て、ふと嘉寿哉が眉根を寄せた。

雇い主が上がってきたというのに、弐矢は「シッシッ」などと言って失敬な態度である。

目玉妖怪も薄気味悪いが、犬神のほうがよほど厄介だ。狐の次に嫌う難敵の出現にいきり立っている。

「おい、狼。山へはまだ帰らないのかよ。いつまで帝都に居座るつもりだよ」

「猫の知ったことじゃない」

行方知れずの兄を探しに出てきたという白峰は、すでに彼が死んでいたことを嗅ぎつけた。帝都にはもう用はないはずだが、夏からこっち何かと理由をつけては嘉寿哉に近づく気配を見せている。

……横取りさせるもんか。

嘉寿哉は自分のものだと弐矢は決めている。だから白峰のことが煙たくて仕方がない。チラリと嘉寿哉を見るだけでも許せない。

「シッ、あっち行け！」

強面《こわもて》の〝兄ぃ〟を蹴転ばそうと企《たくら》むが、嘉寿哉にぴしりと叱られる。

「弐矢、白峰さんに失礼です。職場の先輩には敬意を払うものです」

「何が先輩なもんか。こいつより俺のほうが長生きだ」

「君は二十歳前ではありませんか？　白峰さんはれっきとした大人でしょう」

弁天四郎の見た目は不良の未成年だが、猫又の弐矢は維新前からしぶとく生きている。白峰もそこそこ年季が入っていそうだが、これまで何度か目にした本性からして、こちらよりだいぶ若そうだ。老いていない妖怪はバリバリと人肉を喰《く》って、滴る血液を旨そうに舐めるものだ。

嘉寿哉に丁重に扱われて、白峰がどことなく得意そうなのが憎らしい。先輩だろうが後輩だろうが構わず、嘉寿哉にはこっちを贔屓《ひいき》してもらいたい。

「なあ、嘉寿哉ぁ。新聞なんか放っとけよ。目玉も狼も追い返して、俺と絵を描いて遊ぼうよ」

魚が上手に描けてると原稿を指さして褒めると、嘉寿哉がちょっと沈黙する。

「先ほどのは魚でしたが、そちらは河童《かっぱ》です」

「えっ？」

「河童とは水に棲《す》む妖怪です。河太郎《かわたろう》などとも呼ばれます。人や馬を水中に引きずり込んでは肝を抜くと言われます。変態心理学の見方をもってすれば、川を泳ぐ魚や獣、流木、または水死体などを見誤って伝承が生まれたのだろうと推測できます。川水は人の生活に欠かせませんが、水害時には命や生活を脅かす脅威ともなります。川に対する畏怖の念が河童という化け物を生じさせたのです」

河童は人の子どもに化けると言われています、と生真面目《きまじめ》な解説をよこしながら嘉寿哉が朝刊を広げる。

立川《たちかわ》〜大阪間の旅客飛行機運航開始の記事の下に、手を取り合って踊る男女の躍動的な写真が目立っている。

「そう言えば昨年『改造《かいぞう》』に芥川龍之介《あくたがわりゅうのすけ》が『河童』という小説を書きました。アイロニーに富んだ問題作でした。精神を病んだ主人公が河童の世界を旅するんです。作中に交霊術も登場して、僕はとても興味深く読みました」

広告面には派手な活字で〝御厨薔薇《みくりやそうび》〟と印刷されている。

憂い顔でしばし見つめる嘉寿哉だが、ほどなくすいと目を逸らして弐矢を呼んだ。

「ところで、弐矢。今夜は君の友人が来てくれる約束になっていたでしょう。狭い家でたいしたもてなしもできませんが、ひとつ肉でも買って鍋でもやりましょう」

三

今年の初めまで弐矢は浅草寺《せんそうじ》の境内で見世物小屋《みせものごや》をやっていた。

ほうぼうから拝借した板切れやら筵《むしろ》やらで建てた、狭くてみすぼらしい小屋だった。吊《つ》り下げたランプの灯りは石榴《ざくろ》の赤で、屋根に書かれた〝化け物屋敷〟の文字は青花潜《あおはなむぐり》の鞘翅《さやばね》の色。仕事仲間が二匹あって、一匹は一ツ目、もう一匹は轆轤首《ろくろくび》。ぷいと別れたきり会わなかったが、どうやら向こうはたびたび本郷《ほんごう》を訪ねていたようだ。

『やっと捕まえたわ、弐矢ちゃん！　薄情にもほどってもんがあるじゃないのっ』

『あっ、六姐《ろくねえ》か。何しに来たんだ？　これから仕事に行くんだよ』

十日ほど前の雨上がりの朝に、轆轤首の於六《おろく》がぷりぷり怒りながらあらわれた。勢い余って衿《えり》から生白い首が半尺ほど伸びていた。

折原家は本郷西片町《にしかたまち》にある。異香庵《いこうあん》と風流な名のついた木造の平屋だ。枝を広げた椎《しい》の大木に押しつぶされそうな格好で、ひっそりと古びて建っている。

黙っていれば婀娜《あだ》な年増《としま》の於六が、異香庵の門前に仁王立ちで文句を吐いた。

『だったら次に会う約束をしてちょうだい。じゃなけりゃ、あんたの留守中に押しかけて大事な〝先生〟をパックリ喰ってやる！　あら？』

ソフト帽を手にした嘉寿哉があとから出てきて、於六の剣幕に驚いた様子で立ちどまった。

『弐矢、こちらのかたがたは？』

どなたでしょう？　と戸惑うのへ、一ツ目の目《め》の字《じ》が挨拶した。於六も目の字もむろん人に化けた格好だ。

『初めてお目にかかります。以前、弐矢くんと一緒に仕事をしていたものです。懐かしくて訪ねてきましたが、お忙しいようでしたらまた今度』

そうして今日の約束ができた。

嘉寿哉は居間の片づけなどしておおいに歓迎する様子だが、弐矢は正直ちっとも嬉しくない。

……ただでさえ狼野郎が狙ってるっていうのにさ。

於六も目の字も妖怪にしては穏やかだし、気心も知れている。震災のあとの帝都でフラフラしていたところを仲間にしてもらい、何かと世話になったし世話もした。ついぞ同類とつるんだことのなかった弐矢にしてみれば、嘉寿哉の言を借りれば、初めてできた〝友人〟だ。

しかし、しょせん彼らも化け物である。腹がすいたら無慈悲に人を喰う。バリバリと四肢を引き裂きガブリとやる。

「そう言えば六姐のやつ、嘉寿哉の顔を見るなり〝血が滴るような美青年〟なんて喜んでたっけ。危ない危ない」

雑誌『変態世界』に載っている嘉寿哉の写真を見つけたときだ。粗い印刷でもチカに瓜二つ《うりふた》だとわかる綺麗《きれい》な顔だった。

〝定期講読推奨〟の宣伝を目の字に読ませた於六が、

『んまぁ！　可愛《かわい》い先生が拝めるんなら、あたしも入会しようかしら？』

一尺も伸ばした首をブルンと震わせて喜んだのを、しかめ面で思い出す。

弐矢は流し台でザクザクと葱《ねぎ》を切っている。

弁慶縞の裾から二股の黒い尾っぽが突き出し、不機嫌に揺れている。手拭いを姉さん被りにして、健気《けなげ》に割烹着《かっぽうぎ》を着けている。

客が来るからと張り切って嘉寿哉が牛肉を買った。「君の友人ならば親切にもてなさないといけません」などと言うのを、嬉しくてついぽうっと見つめた。

鍋は嘉寿哉が恩師宅から借りてきた。関西へ講演に出かけた際に土産《みやげ》に持たされたものだそうだ。

鉄鍋に牛肉と野菜を入れて煮ながら食う。

豆腐、葱、白滝と材料をそろえたが、四人分となるとけっこうな嵩《かさ》である。肉はさほど量がないので豆腐で満足させようという魂胆である。空腹だからといって嘉寿哉を齧《かじ》られては大変だ。

肉の包みを開くと、バサリとおもてに羽音がする。

「夕餉《ゆうげ》は牛鍋《ぎゅうなべ》ですかい？　猫の人」

灰色の襤褸《ぼろ》雑巾《ぞうきん》が飛んできて窓辺に引っかかったように見える。異香庵の椎の木に棲み着く鳥妖怪、青鷺火《あおさぎび》だ。

弐矢は肉の端の脂《あぶら》をちょっとつまんで窓越しに放る。

青鷺火が器用に捕らえて呑《の》み込んだ。

青鷺火は老いた妖怪で、妖力が尽きて人にはもう化けられない。椎の洞《うろ》から時おり出ては、ひどい嗄《しわが》れ声で陰気にしゃべる。嘉寿哉に引っついて好かれたいとさえ思わなければ、気ままな隠居暮らしもいいものだと弐矢はちょっぴり羨んでいる。

「轆轤首と一ツ目が来るんだ。ちょっかいかけないでくれよ」

一ツ目はおとなしいから心配ないが、轆轤首は鉄火肌《てっかはだ》だ。うっかり嘉寿哉に正体がばれたら事だと頼むと、青鷺火がうっそり嗤《わら》う。

「承知しやした。おとなしくしときますから、そいつをもう一口」

せがまれて仕方なく肉をやる。

青鷺火が嘴《くちばし》にくわえてゴクリと呑む。

俎板《まないた》の横には家庭料理の本が開いてある。弐矢は字が読めないので嘉寿哉に作り方を教わった。

「〝すき焼き……白滝を洗って包丁を入れ、葱は斜《はす》に切り牛肉はふつうに切る。鉄鍋に脂肪を溶かし、そのなかに牛肉を入れ野菜を入れ砂糖を入れ醬油《しょうゆ》を加えて煮る〟か、フンフン」

「肉はそれしきで足りますかい？　ちょいと飛んで、練馬《ねりま》あたりで牛を突き殺してきましょうかい？」

「いらないさ。嘉寿哉はそんなに食わないし、於六と目の字には豆腐を出しときゃいい」

「おまえさんは足りますかい？」

「嘉寿哉が満腹なら俺も満足だよ」

「そりゃあずいぶん奇特なことですねぇ、猫の」

羽《う》を震わせて青鷺火がおかしがる。

「いよいよ食欲が失せてきたんでしょう。ぼちぼち人でいるのにも疲れたんじゃないですかい？　夏の終わりごろから縁側で猫が居眠りしてるのを見かけますがねぇ……」

「チッ、放っとけ！」

シャッと牙を剝《む》いて脅すと、青鷺火が億劫《おっくう》そうに飛び立った。

呼び鈴が鳴って嘉寿哉の声がする。

ちょうどよく飯が炊き上がる。お焦げがほどよくできている。嘉寿哉はちょっと香ばしいくらいが好きである。

手早く櫃《ひつ》によそって弐矢は玄関まで駆ける。

「来たわよ、弐矢ちゃん！」

「お邪魔するよ、弐矢」

轆轤首は女郎花《おみなえし》模様の粋な着物で、一ツ目妖怪は洋装で、二人ともえらくめかし込んであらわれた。見世物小屋の稼ぎを古着に換えたに違いない。途中で雨に降られたらしく蛇《じゃ》の目《め》とこうもりを持っている。

「ようこそいらっしゃいました。先日は大変失敬しました」

嘉寿哉が頰を幾分上気させて迎えている。藍《あい》の着物に三尺帯《さんじゃくおび》をきりりと締めている。

嘉寿哉と客のあいだに、弐矢はあとからバタバタ割って入る。

「さっさと食ってさっさと帰れっ」

賑《にぎ》やかな晩餐《ばんさん》となる。

いつもは卓袱台《ちゃぶだい》一つだが、もう一つ並べてあいだに火鉢を置く。

普段は客なぞないので、座布団も押し入れに突っ込まれて湿気ていた。数日前から日に干し、仇《かたき》のように叩《たた》いて黴《かび》と埃《ほこり》を追い出した。

嘉寿哉が丁寧に拭き上げた卓袱台に、茄子《なす》を梅で和えた小鉢やら、厚揚げを炙《あぶ》って香ばしく醤油味をつけたのやらがまず並ぶ。

「ところで失礼ながら、メノジさんのお名前はどう書きますか？　奥様とはご結婚されてどれくらいでしょう？」

てっきり二人が夫婦だと勘違いした嘉寿哉が、弐矢が台所で鍋の支度をするあいだにそんなことを訊《き》く。

雑誌で眺めたのよりよほど瑞々《みずみず》しく麗しい嘉寿哉の顔に見惚《みと》れながら、於六が芝居っ気たっぷりに返事をする。

「あらぁ、そうねぇ。何年くらいになったかしら？　ねえ、あ、あんた」

実は於六に気があるらしい目の字が、人に化けているあいだは糸のように細くなる目の縁と、禿頭《はげあたま》のてっぺんとを赤らめて、

「え？　うん……そうだなぁ。震災の前から一緒にいるから、もう十年近くになるかなあ」

そうですか、と嘉寿哉がほんのり微笑する。秋風に白萩《しらはぎ》のこぼれる風情である。

「弐矢ちゃんたら浅草の小屋じゃサボってばかりだったけど、こちらでは真面目に働いてます？」

「はい。熱心に務めてくれて助かっています。いまとなっては弐矢くんなしに暮らしが立ちゆかないほどです。掃除から洗濯から料理まで、何でも器用で感心します。調理本を読み聞かせると洋食まで作ってくれるんです。先週はミートローフ、二日前にはカツレツを食べさせてくれました」

「呆《あき》れた！　あたしたちには握り飯一つだってよこさなかったのに！」

「気兼ねのない間柄だからではないですか？　それにしても弐矢くんはここへ来たとき、天涯孤独のようなことを言っていましたが、こうして頼りになる友人がたや、味方になってくれるご親戚もあって前途が安心です。僕も嬉しく思います」

　於六が台所のほうを睨みつつ「おほほ」と笑う。

「弐矢ちゃんに親戚？　初耳だわぁ」

「ご存じありませんか？　犬神《いぬがみ》白峰さんというかたです。それから不動産会社を営む百目鬼社長は弐矢くんの雇い主です。お二方とも弐矢くんとは遠縁の親類だと聞いています」

「犬神！」

　於六と目の字が同時に声を上げた。

そこへ鉄鍋を抱えて弐矢が飛んでくる。

嘉寿哉が無事なのを確かめてホッとする。

「やいっ、六姐に目の字。嘉寿哉におかしなことしたらタダじゃおかねぇ！」

「嫌だわ、弐矢ちゃん。美味《おい》しいものを独り占めだなんて相変わらずケチだわぁ」

「於六さんのおっしゃるとおりです、弐矢。その鍋を早いところ火鉢に置きましょう。皆で仲よく牛鍋をつつきましょう。しまった……せっかくの夜だというのに、すっかりお酒のことを忘れていました。こういうときにはビールの二、三本も都合しておくべきだったのに」

来客に不慣れで面目ありませんと恐縮する嘉寿哉の顔を、牛鍋から立ち上る湯気がふわりと撫《な》でる。

白い花びらを思わせる麗顔《れいがん》を醤油と味醂《みりん》が包み込む。

銀縁眼鏡が、ほ、と曇る。

「あらぁ……」

於六がたちまちとろんと目を潤ませ、目の字もぽかんと嘉寿哉に見惚れた。

弐矢は真っ先ににやけている。

「煮えました。さあ、召し上がってください」

箸を取る嘉寿哉をチラチラ眺めて「どうせなら生《なま》がいいわぁ」と於六がつぶやく。

「旨そうだね」

「ほんと涎《よだれ》が出ちゃう」

「お二方ともどうぞご遠慮なく。さあ、肉を早いうちに」

舌なめずりの於六が女郎花の衿からひょいと首を伸ばしそうになるところへ、リンリンと呼び鈴が二度鳴った。

「おや、誰でしょう？　他に来客の予定はありませんが」

玄関から「ごめんください」と聞こえてくる。

すかさず弐矢が突っ立った。

シャッと言って飛んで出る。

「何しに来やがった！」

ガラガラッと戸を開けると、鬱蒼《うっそう》と茂る椎の下にニヤニヤ笑いの百目鬼と仏頂面の白峰が立っていた。

招かぬ客だ。

百目鬼は上等の三《み》つ揃《ぞろ》いにわざわざ着替えて、風呂敷に包んだビール瓶と、重そうな肉の包みを下げている。白峰のほうは昼間のままの格好だ。

「こんばんは。夜にお客様だと小耳に挟んだものだから、こうして差し入れにやって来たんです。猫又さんのお友達ならどうせご同類でしょう？　大事な店子を横取りされちやかないません。見張るついでに一緒に鍋を囲もうと犬神の旦那が言うもんだから……いひ」

冗談じゃない、帰れ！　と弐矢が追い払う前に、嘉寿哉が挨拶にあらわれる。

醤油と味醂の染みた麗顔に当てられ、百目鬼が危うく目玉を落としそうになる。

律儀に嘉寿哉がお辞儀する。

「これはようこそ、百目鬼社長に白峰さん。たったいまお二人の噂《うわさ》をしていたところです。弐矢、上がっていただきましょう。えっ、わざわざ肉とビールを？　すみません、お気遣いに感謝します。さあ、ぜひご一緒に」

四

異香庵のある西片町からさほど遠くもない春日《かすが》通り沿い。

本郷本富士《もとふじ》警察署にも同じく夜が訪れている。

帝大と湯島《ゆしま》が近いので、署に所属する警官たちは、革命運動に身を投じるマルクスボーイの監視や、天神様に寄り添う花街の風紀取り締まりに日夜勤《いそ》しんでいる。

最高学府のそばから重大事件を出してはならぬので、刑事課には特に猛者《もさ》をそろえている。

柔道剣道に加えて近ごろボクシングまではじめた斯波《しば》刑事は、質《たち》の悪い不良どもを次々しょっぴく腕を買われて浅草署から異動してきた強面だ。

「そのけしからん話は真実か？　大山《おおやま》」

汗染みの目立つシャツの襟に猪首《いくび》を埋めるようにして斯波がそう囁《ささや》いた。囁く相手は同僚の若手だ。

「ええ、どうやら本当のようです。斯波さんは新しく移ってきたのでご存じないでしょうが、Y夫人は以前から派手で有名なんです。迫田《さこた》主任は昨年のクリスマスにお宅へ呼ばれたそうで、そのときのY夫人がまるで米国の女優のようだったと呆れていました。胸もとあらわな衣装に、狒々《ひひ》のような厚化粧。断髪でないのが不思議なくらいのモダンっぷりで、署長……いえ、夫君があからさまに苦い顔だったと」

「それで、そのモダン夫人がダンス教室に通い詰《づ》めだというのか？」

「ただのダンス教室じゃありません。怪しいクラブのようなものだというんです」

「秘密クラブか」

顔を寄せ合う男二人をゴールデンバットの煙が包んでいる。密談をごまかす煙幕である。

さしたる事件もないまま一日を終えたところだ。一服したあとは家路につこうと、斯波は何の気なしに後輩のそばへ寄ったのだった。

安煙草をくわえて「フウ」とやったところへ、若い大山が聞き込んだばかりの醜聞を囁いた。いわく、

〝署長の奥さんが見目麗しいダンス教師に夢中になって、家庭を顧みないと噂だそうですよ〟

目下の署長は横山《よこやま》という帝大卒のエリートで、おまけに親類は政治家だという。なかなかの美人と評判の奥方は、さる有力な大臣の家からもらい受けた。

ところが、いくら頭脳明晰《めいせき》でも横山自身は政治家でも議員の息子でもないという理由で、奥方は最初から結婚に不満であったらしい。おまけに彼は非常に職務熱心で「警察官たるもの虚飾を好むべからず」と言って、日ごろから清らかに身を保つ君子である。

当然、夫婦仲がよろしいはずはない。

大山の話を聞いて斯波は低く唸《うな》る。署長に敬愛の念を抱いている。

「何たることだ。嘆かわしい」

大山は大山で最近結婚したばかりなので、夫を裏切る妻というものが何となく許せない。ここぞとばかりに密談のつづきをやる。

「上のほうから主任に耳打ちがあったと聞きました。見所のあるやつを一人選んで密偵をさせたらどうかと。それでなくてもダンスホールの見張りを厳しくやれとお達しがあったでしょう？　大阪で踊っていたダンスボーイだのダンスガールだのが、こぞって東京に押し寄せました。おかげで帝都の風紀が乱れて困ってます」

斯波は太い首をうなずかせる。

帝都は社交ダンス流行りである。

関西で先に流行ったが、風紀紊乱《びんらん》を招くというので取り締まったところ、商売にならぬダンサーたちが東京へ上ってきた。

そもそも日本に西洋の舞踏がもたらされたのは文明開化のころだった。

開国したての日本は〝とにかく欧米に追いつけ。追いつくためにはまず真似《まね》ろ〟と彼らの身なり身ぶりを盛んに輸入した。文明の先を行く西洋の人々と交わり、対等に語り合うためにはどうすればよいかと知恵を絞り、華々しく鹿鳴館《ろくめいかん》を建て、燕尾《えんび》とドレスをまとって、西洋音楽に合わせて西洋舞踏を舞い踊った。

時は移ろい昭和となって、かつての外交道具も下々《しもじも》の娯楽として下げ渡された。高貴な方々の邸宅では、むろんいまだに音楽家の伴奏で優雅にワルツが踊られる。若手将校なぞは家柄もよく、社交術が求められるから、評判の教師について一通りステップを修めておく。

丸《まる》ビルに通うサラリーマンは、友人に連れられていそいそとダンスホールに顔を出してみる。こちらは生演奏でなくレコードだが、震災後に新しくできたホールはなかなか洒落ている。天井からはシャンデリアがぶら下がる。

むかしの舞踏場は婦人同伴でなくては入れなかったが、いまはホールのほうでダンス相手をそろえている。着物やドレスで着飾った教師らが、花弁をそよそよ震わせて客が来るのを待ち受ける。

胸をときめかせつつ入口でチケットを買う。店が何分《なんぶ》で教師が何分と分け前が決められている。教授料はチケット払いになっている。客は意中の教師にダンスを申し込み、一曲踊るごとにチケットを渡さねばならぬ。

特定のダンス教師に入れ込んで、一日に十枚二十枚と渡す客もある。〝チケッ十《と》さん〟などと裏で呼ばれて、ありがたがられたり嘲笑《あざわら》われたりする。

学業そっちのけで踊りの勉強ばかりする学生もある。本富士署管内にも学生相手の小さなダンス場が二つ三つできていた。

「何でもかんでも西洋風がいいというもんじゃない。男女が密着して踊り乱れるとはもってのほかだ！」

斯波刑事は独身なので、憤る声にどうやら嫉妬が混じっている。

「しかしですよ、斯波さん。踊る阿呆《あほう》に見る阿呆と言いますからねえ」

猪首の斯波に比べると若い大山はそこそこ美男子で、口には出さないものの結婚前には二、三度踊りに出かけたことがある。

斯波が鋭く目を光らせる。

以前に失態を演じたので手柄がほしいと考えている。

「主任が耳打ちを受けたという密偵の件……手を挙げてみるか」

異香庵の宴《うたげ》は小一時間ほどで果てた。

早々に客を追い出したい弐矢が、次から次へと材料を突っ込み、せっかくの牛鍋をごった煮にした。

百目鬼が目をくるめかせつつ目の字にビールを注《つ》いだ。

「そちら様はお一つきりでいらっしゃる？　あたしはこう見えてめっぽう数が多いほうなんです。ちょくちょく落っことして困ります。あなたもやっぱり先のほうがよく見えますか？　先見というやつですよ。もしかして帝都が燃えるのをご覧になったことは？」

ビール瓶を持つ手にキョロンと目玉をあらわしてみせて「ぜひお近づきになりましょう」と囁いて目の字に迷惑そうにされていた。

色好みの於六は、苦み走った兄ぃの白峰に好意的かと思いきや、

「何だか獣臭《くさ》いわぁ。牛肉の話じゃなくって、実は犬が苦手なの。むかし首に咬みつかれたことがあったのよ。人気のないお社の境内で気持ちよく伸ばしてたら、野良犬がガブッとくわえて走りだすんだもの」

あれから犬が好きじゃないのと言って、恨めしそうに白峰を睨めつけた。

白峰はビールをちびちびやりながら、あらかた無言で通していた。

百目鬼の差し入れてくれた肉は上等で、嘉寿哉が嬉しそうに口に運んでいた。弐矢は自分はほとんど食わずに、煮えたのを嘉寿哉のとんすいに入れてやっていた。

無口の白峰に嘉寿哉が話しかけた。

「お兄さんの消息について、その後、何か知れましたか？」

「いえ」

「そうですか。僕はあまり近所づきあいをしないほうですが、何か協力できることもあるかもしれません。震災前のことを知るかたも、あたりにいくらかあるでしょう。百目鬼社長がお兄さんの姿を本郷で見かけたとおっしゃるなら……」

「兄のことはもう結構です」

ビール瓶も肉の包みもからになり、弐矢が戸口に箒《ほうき》を逆さまに立てかけた。

嘉寿哉が珍しいくらいの笑顔で、皆を送りに玄関へ出た。

「実に楽しい晩でした。酔いも手伝って久しぶりに朗らかな気分です。皆さん、またぜひ遊びに来てください」

「来なくっていいよ！　ハラハラしっぱなしだったよ。二度と御免だよ！」

於六、目の字、百目鬼、白峰の順で異香庵をあとにした。

雨はすっかり上がっていた。

妖怪臭さを消さなくてはと窓も硝子《ガラス》障子も開け放ち、弐矢はそこらじゅうの掃除に取りかかる。夜だというのに丁寧に雑巾がけもする。

台所まで片づけ終えてやっと居間に帰ると、嘉寿哉が一人、卓袱台について何かを読んでいた。

手紙である。

秋の夜寒に華奢な肩をすくめて、ぽつんと迷子のような背中でうつむいている。

弐矢はクンクンと宙を嗅ぎ、目玉の匂いも首の匂いも犬臭いのもさっぱり消えたと確かめてから、ようやく嘉寿哉の横に座り込み、

「やっと二人っきりだよ」

声をかけると、嘉寿哉が何も言わずにそっと眼鏡をはずした。

おや、と弐矢はまばたきする。

見ると卓袱台にのっているのは、昼に神保町の事務所で百目鬼から渡されていた封書だ。

弐矢は字が読めないので訊いてみる。

「何が書いてあるんだ？　誰からだ？」

人間は紙に文字を綴《つづ》ってやり取りをする。言いたいことがあるならくっついて暮らせばいいのにと、弐矢は前からおかしく思っている。もしも嘉寿哉と離れて住んで、あいだを手紙だけが往来したなら、手紙が憎くなりそうだと考える。

ぽつりと嘉寿哉がこぼす。

「印南《いんなみ》というかたからです」

「いんなみ？　どこのどいつだ？」

「住所は秩父です。印南というのは……僕の実の親の苗字《みようじ》です」

五

嘉寿哉は赤ん坊のうちに折原家に養子にもらわれた。

養母となったのは少々変わった人生を送る女で、家に富貴をもたらす屋敷神に仕え、結婚せずに独り身を通すよう強いられていた。

屋敷神は〝蛇神様〟だった。

実家を離れて女戸主《おんなこしゅ》として本郷に暮らしていた。

かつて異香庵の庭には蛇神を祀《まつ》る蔵があって、養母は朝《あした》に夕べに灯明や供物を捧《ささ》げにそこへ通っていた。薄暗い蔵の口から養母の唱える経文だか祝詞《のりと》だかが低く、執念深く、唸るように聞こえるので、物心つかない時分の嘉寿哉はそれが蛇神の発する声なのだと思い込んでいた。

そうっと近づいてみたことはあったが、決してなかはのぞかなかった。

〝蔵のうちは隠世《かくりよ》ですよ〟

戒めるでも嘆ずるでもなく、養母は時おり淡々とそう言った。〝母さん〟と慕うには老いており〝おばさん〟と呼ぶには所帯じみた匂いのしない、どこか浮世離れした人だった。

大正十二年の大震災で亡くなった。蛇神様と一緒にぐらぐらぐしゃんと潰れた蔵の下敷きとなり、数日経《た》ってようやく遺骸が救い出されたのである。

養母と別れた瞬間の不思議な光景を、嘉寿哉はいまでもくっきり鮮明に覚えている。

悲劇のあとのことを、当時は一高の生徒と講師という間柄であった鴨井が、あれこれ世話してくれた。仏壇の抽斗《ひきだし》から養母の遺言書が出てきて、そこに生家の苗字が記されていた。印南というのだと初めて知った。

「秩父」

どうして勤め先が知れたのか、神保町の『変態世界』編集部気付で届けられた封書をしみじみと見て、嘉寿哉は溜息する。

秩父というと二つ三つ思い当たることがある。

恩師鴨井が幾度かその地名を口にした。若いころに研究で訪れたことがあり、印象深い土地だと言って懐かしんでいた。研究内容を詳しく聞かせてほしいと頼んだが「そのうちに」とはぐらかして教えてくれないままになっている。

白峰のこともふと思う。

郷里が秩父だと言っていた。そこを出たまま二十年も戻らない兄を探していると。

そしてもう一人、秩父と聞いて思い浮かべるものがある。

「三峰《みつみね》……」

過去、異香庵には住み込みの下男《げなん》がいた。

名を三峰一郎《いちろう》といった。

嘉寿哉が三つになるやならずのころ、ある日ふらりとあらわれて「雇ってほしい」と養母に頼み込んだらしい。養母はすでに中年であったが、男はまだ若い。外聞があるからと断ったが、門前でいつまでも粘るので根負けしたという。男の子を育てていくのに助けがあれば心強いと、頼りにする気持ちも起きたのだろう。

養母はあくまで使用人として接したが、嘉寿哉は彼を兄とも父とも慕っていた。無口で愛想がなく、ことさら可愛がってくれるそぶりも見せないが、いつもぴたりとそばにいて黙々と面倒を見てくれた。

その三峰が震災前にふと姿を消した。

まるで着慣れた服を突然剝がれたように、ひどく寂しく、心もとなく感じた。もともと素性の知れないものだったから、そんなことになってもおかしくはないと、つとめて自分に言い聞かせた。

三峰が行方知れずとなってさほど経たないうち、まるで代わりのように大きな犬が異香庵の庭先に棲み着いた。母も子も、どちらも「追い払おう」とは言いださなかった。

時おり誤って犬に向かって「三峰」と呼びかけた。

呼んでみると、雰囲気といい面構えといい、どことなく消えた下男に似る気がした。衰えた様子でしじゅう寝てばかりの老犬が、呼び間違えたときだけキラリと青色の目を光らせてしゃんと首を持ち上げた。

三峰は秩父にある霊峰の名だ。

後ろ暗い過去などあるものが身元を隠したいと考えた場合、故郷の山の名を偽名に使ったとしても不思議でない。三峰一郎はもしかすると秩父の生まれだったのではなかろうか……。

ついでに想像を働かせれば、三峰のあと異香庵に居着いた老犬は、通常の犬にしては格好が変わっていた。子ども心に「あれは狼なんじゃないかしら？」と思ったことがある。秩父霊峰三峰山《みつみねさん》に鎮座する三峯《みつみね》神社の御使いは、狛犬《こまいぬ》ではなく山犬、すなわち狼だ。

「そう言えば、白峰さんの苗字は犬神とおっしゃいましたか」

となりで弐矢が猛然と抗議する。

「あいつのことなんか気にかけるなよ！」

印南でも犬神でも、嘉寿哉の気を惹《ひ》くものは弐矢にとってすべて敵である。

くすっ、と微笑《ほほえ》んで嘉寿哉は手紙をしまった。

「近々こちらに来たいと書かれています。僕にとって伯父《おじ》にあたるかたとのことです。

秩父で印南商店という織物問屋を経営しているそうです。僕は明日、ちょっと桜木町《さくらぎちょう》へ行って鴨井先生に相談してきます」

〝ぜひ一度、会いたい〟

そう手紙にしたためられている。

これまで生家について特に興味を覚えたことはない。実の親についても同様であると、嘉寿哉は自覚する。

もともと人づきあいに淡泊なところがある。

養母と三峰と三人暮らしのあいだは、それを当たり前のものとして受け入れていた。三峰の失踪は思春期の心にいささかこたえたが、居着いてくれた老犬の存在に慰められた。

養母が他界したときには高等学校に上がっていたし、恩師が親身になって助けてくれたおかげでこれといった不便も生じなかった。血の繋《つな》がった家族は自分にはないと考えてきたし、実家、実父、実母をいまさら恋しく思う気持ちもない。

ただ、

……最初で最後の機会に違いない。

秩父で生地問屋を営むといえば、相応の家柄であろうと想像される。秩父は古くから織維業が盛んで、秩父銘仙《めいせん》は彼《か》の地の特産だ。

達筆で記された印南の名を封書の裏書きに見ながら、嘉寿哉は思う。

今回を逃せばおそらくこの先一生、生家や実の親について知ることはない。そのように踏み締める人生の土台がしっかりしないままでよいだろうかと、いまだからこそ迷うところがある。

皮膚の薄い額に懊悩《おうのう》の影が射《さ》す。弐矢にとっては大好物である。

「女学館の事件以降、僕はいささか悩んでいます」

翌日、嘉寿哉は神保町の編集部へは出ずに、上野《うえの》桜木町にある鴨井の自宅を訪れることにした。

異香庵の玄関を出しな、いつものように弐矢が見送ってくれる。

「鮭《しゃけ》を一夜漬けにしてあるよ。栗《くり》ご飯を炊いてやるから早く帰れよ」

「ありがとう、弐矢。楽しみにしています」

近年、鴨井はもっぱら〝霊術師退治者〟として名を馳《は》せている。

明治の半ばに日本では催眠術が流行ったが、軍隊でまで上官が部下に術をかけるなどという事件が発生したため、政府は〝みだりに催眠を用いてはならぬ〟と強く取り締まった。明治四十一年のことである。

代わりに流行りだしたのが霊術だった。

霊術師、霊術家と称するものが次々とあらわれて、病気を治したり、ご先祖の魂を呼び出したりと、摩訶《まか》不思議な術を弄《ろう》しては人心を惑わし、操っている。鴨井はそれらの術の絡繰《からく》りを見破り、詐欺に遭う人々の目を覚まさせることに、おのれの使命を見出しているのだ。

親類が霊術家に騙《だま》されて金を巻き上げられた、とか。

妻が霊術師に心酔するあまり、子どもを連れて出ていき戻らない、とか。

村のものが怪しげな〝先生〟の講習に夢中になって、田植えができずに困り果てている、等々。

人づてに相談がよこされることもあれば、雑誌『変態世界』の投稿募集に出張依頼が舞い込むこともある。土地の警察署から内々に相談が持ち込まれ、事件解決ののちに感謝状を贈られたためしもあった。

『折原くん。実際に人の役に立ってこその変態心理学だよ』

折に触れてそう述べる鴨井を、嘉寿哉は心から尊敬し、倣うべき理想の研究者だと信じている。

講演を頼まれれば鴨井はどこへでも出かけていく。出張に原稿執筆にと忙しく、神保町の編集部は弟子にまかせきりにして、いまだに訪れたことがない。

「やあ。よく来たね、折原くん。さては原稿が捗《はかど》らないのかね？」

鴨井宅はなかなか瀟洒《しょうしゃ》な一戸建てだ。妻君の実家がだいぶ金を出して建てさせたものだと嘉寿哉は聞いている。庭には花壇が作ってあって、埋めたばかりのチューリップの球根を猫に荒らされぬよう念入りに囲いがされている。

「ワイフがついさっき出かけたところだから、気兼ねなく上がってくれたまえ。日曜日で娘がいるんだが……」

〆切まで間があるというのに約束もなしにあらわれた弟子を、鴨井がにこやかに出迎えた。

「急にお邪魔して申し訳ありません、先生」

嘉寿哉がソフト帽を脱いで腰を折るところに、奥からバタバタと威勢のいい足音がした。

「まあっ、嘉寿哉様！」

鴨井の娘の琴枝《ことえ》である。女学校での綽名《あだな》は〝琴太郎《キンタロ》ちゃん〟である。牛を引く太綱のごとき三つ編みを振りまわし、勇ましい突進で玄関へと駆けつけた。

琴枝はだいぶ以前から嘉寿哉に恋心を抱いている。

「どうしましょう、よりによって今日お立ち寄りになるなんて。琴枝はこれから出かけなければなりませんの。お父様ったら意地悪！」

こんな日に嘉寿哉様をお呼びになるなんて、と悲愴《ひそう》に叫ぶ。福笑いのおかめにそっくりな顔をギュウと落胆に歪《ゆが》めている。

母親似の長身で五尺六寸もある。嘉寿哉は五尺一寸なので見下ろされる格好になる。懸命に身を縮める琴枝をまえに嘉寿哉は微笑する。

「お久しぶりです、お嬢さん。今日はお友達と美術館へでもお出かけですか？」

見れば琴枝はよそ行き姿であるが、十六歳の乙女にしては少々大人びた着物を着込み、ほっぺたにまぁるく頬紅をつけている。

鴨井が訝《いぶか》しんで娘に問う。

「それはお母さんの羽織だろう？　勝手に着てあとから叱られやせんかね。第一そんな地味ななりで、いったいどこへ出かけるね」

琴枝が両手で顔を隠して言い訳する。

「どうぞお訊きにならないで、お父様、嘉寿哉様。抜き差しならない事情があって、琴枝はホウムズ様にならなければいけないの」

「何だって？　ホウムズ？」

あっけにとられる父親に、どん、と体当たりを食わせると、琴枝はそのまま玄関から駆けだしていく。とめる暇《いとま》もあらばこその疾走だ。

娘の奇行に首を傾《かし》げつつ鴨井が手招きをする。

「いつもながらすまないね、折原くん。娘はあれでなかなか難しい年ごろだから。とにかく上がってくれたまえ。話を聞こう」

洋間に入って向かい合わせに腰かけた。

ピアノが置かれて花柄カーテンが目立つ部屋だ。

鴨井が慣れない手つきで紅茶を出してくれる。

嘉寿哉は恐縮しつつ一口飲むと、上着の懐から手紙を取り出した。

「先生、お忙しいところ申し訳ありません。実は今日は、僕の身の上についてご相談したいんです」

「ほう。身の上」

「昨日、神保町のほうにこれが届きました。僕の伯父を名乗る人からの手紙です。埼玉の秩父からで、近々こちらへ会いにくるそうです」

差出人が見えるように手紙を鴨井のほうに差し出した。

印南徳治《とくじ》と書いてある。

見たとたん、鴨井が「アッ」と言って絶句した。

「先生？」

恩師の驚きがふつうでないので嘉寿哉は何事だろうと目を丸くする。

師が平静を失うのを見るのは久しぶりだ。

だいぶ以前、鴨井を異香庵に泊めたことがあった。異香庵はひどく家鳴《やな》りがするので、界隈《かいわい》では〝化け物屋敷〟と噂されていた。

養母が死んで間もないころで、鴨井は天涯孤独となった生徒を力づけてやるつもりだったのだろう。「どれどれ、お化け退治をしてやろう」と張り切って泊まり込んだ。摩訶不思議を見破るのが得意なはずが、夜中に悲鳴を上げて降参した。強盗被害と思って巡査が駆けつけた。

あのときと同じく、怪奇を目の当たりにしたかのように鴨井が顔色をなくしている。

「どうしましたか、先生？」

嘉寿哉が問いかけると、

「折原くん……僕は長いこと君に黙っていたことがある。いつか明かさなければならないと胸に秘めていた過去が」

六

「君に黙っていたことがある」

恩師の言葉に嘉寿哉は目を見開いた。

「どういうことでしょう、鴨井先生」

裏書きされた〝印南〟の字が、濃く太く封筒に染みている。

鴨井はそれをじっと見つめたあげく「フゥ」と溜息を吐《つ》いた。

長く胸の底に沈めてきた重いものを、いまこそ取り出さんとして石の蓋を取るようだった。

「以前、話したことがあったね。僕は若い時分に秩父へ出かけたことがあると」

嘉寿哉はうなずく。

「うかがいました。研究のために逗留《とうりゅう》なさったことがおありだと。先生の書斎に彼《か》の地の資料があって、何冊か見せていただいたことがあります。古代から栄えた知々夫国《ちちぶのくに》があり、銅が採れました。採掘坑が残る遺跡は確か数年前に、県の史跡の指定を受けたと思います。この地の銅が朝廷に献上されたことを記念して、和銅《わどう》の元号が定められました。奈良時代の初め、平城遷都のころです」

「そのとおりだ。もともと養蚕の盛んなところで、秩父絹や秩父銘仙で有名だ。その秩父に、僕は二十代のころ出かけたことがある。大学の研究室で助手をやっていた。血気盛んで、好奇心旺盛で、はなはだ無遠慮な若者だった。いささか自信過剰で、功名心もあった。自分のしでかすことがどういう結果を生むか、前もって考える知恵がまるでなかった」

いつも胸を張って霊術退治に出かけていく恩師の、これほど気弱な声を滅多に聞かない。異香庵の家鳴りに悲鳴を上げた翌朝も、鴨井は弟子に対して軟弱なところを見せまいと虚勢を張っていた。

師の珍しい消沈ぶりをまえに「どうぞ打ち明けてください」とは口にできず、嘉寿哉はうつむいて口ごもる。

「先生、そんな……僕は先生ほど思慮深く、研究に対して懸命なかたをほかに知りません」

嘉寿哉の長い睫毛《まつげ》を紅茶の湯気がさわさわとくすぐって過ぎる。

乙女人形のように可憐なその顔貌を眺め、鴨井が言った。

「君は本当に、おチカさんに似ている」

「え」

唐突な師の発言に嘉寿哉は目を上げる。

やけに懐かしそうに鴨井が笑んでいる。

愛《いと》おしそうでもあり、しみじみと悲しむようでもある。

「むかし僕が関わった、印南チカという女性について、君にいまから聞かせよう」

〝印南チカ〟と。

静かに口に上せると、一転、切腹を命ぜられた武士のごとき面持ちで師が切り出した。

「もう二十年余り過去のことになる。当時はまだ明治の時代で、あの〝千里眼《せんりがん》事件〟より三、四年も前だ。千里眼については君も心得ているね？」

「はい。すなわち透視の能力です。封印密閉された容器のなかの物品や文字を感知したり、あるいは遠い場所における出来事などを察知する変態能力を指します」

「その不思議な能力について、明治四十三年から四十四年にかけて公開実験が行われた。世に言う〝千里眼事件〟だ。実験用の写真乾板が紛失するなどの不手際のせいでうまくいかず、結果として九州と四国で二名の婦人が命を落とした。一名は自死、いま一名は病死だ。直接の原因は実験でなかったとしても、世の中から〝手品〟だの〝イカサマ〟だのと誹謗《ひぼう》されたことによる心労が、婦人らの命を縮めただろうと想像される。新聞でも報道されて広く知られた悲劇だった」

実験は、東京帝国大学の心理学助教授、京都帝国大学医科大学の教授などが中心となって実施された。教育界の重鎮までもが監督に乗り出し、世間の関心が寄せられた。

実験失敗をきっかけに、世論は千里眼に対して否定的に傾いた。当初はおおいにもてはやした新聞各社も、そのうち報道自体を避けるようになっていく。千里眼などという超常能力はそもそも迷信的なものであり、健全な社会においては真面目に取り沙汰されるべきでないという風潮がいつの間にやら形成された。

事件の二年前には催眠術を取り締まる処罰令が出されていた。

そもそも婦人らの能力開発には催眠術が関わっていた。九州熊本の婦人は〝おまえは千里眼が使える〟という義兄の催眠暗示によって能力を開花させ、また四国丸亀《まるがめ》の婦人にも懇意の術師がいた。

「しかしね、折原くん。僕が知り合ったおチカさんは、まったく催眠術に関わりのない能力者だった」

印南チカは生来、変態能力の持ち主であった。

鴨井がそう言った。

「おチカさんは催眠状態に入るでもなく、また神仏に祈って忘我の境地に到《いた》るでもなく、ただちょっと目を閉じて集中するだけで未来を言い当てたり、見えないはずのものを見たりした。魂《スピリット》が囁くのでも、神様がお告げをよこすのでもない。印南チカ本人が見るのだときっぱり答えていた。彼女のその、何というか……気負いなく潔いところに僕はとても好感を持ったんだ」

「透視や予知という超常能力について、神力でも仏力でもない自分自身の力であると言い切ることは、ある意味とても勇気あることだと思います」

いったいおチカさんはどういう人だったのでしょう、と。

純粋に研究者として嘉寿哉は興味を持った。

「〝埼玉県秩父郡に不思議な女があるよ〟と友人から聞かされたのが、彼女を知るきっかけだった」

出会いについて鴨井が語る。

「地元の新聞に紹介記事が載ったそうだ。催眠術処罰令もまだ出る前で、欧米の心霊研究流行りの余波を受けて浮かれてもいた。話を聞き込んで意気揚々と、まるで鬼退治に出かける桃太郎《ももたろう》のような気分で汽車に乗ったのを覚えている。秩父までの鉄道が通っていなくてね。出かけたのは夏で、波久礼《はぐれ》というところから乗合馬車に揺られていった。川沿いの道を確か二時間ばかり。到着した先の神社の杉木立で、おチカさんがそっと蟬《せみ》時雨《しぐれ》を避けるように傘を差していた」

秩父大宮《おおみや》。

山に囲われた盆地は蒸していて、印南チカの小さくて白い顔が、番傘の陰に夕顔のように咲いていた。

年端もいかない少女に見えた。

縞銘仙の懐に大事そうに猫を抱いていた。

黒猫だった。

境内に棲み着く野良かと思いきや、あとから聞くと飼い猫だった。母に抱かれる赤ん坊のようにして実に素直に抱かれていた。

晴天なのに傘を差すとは変わっている。もしや精神を病むのかと疑ううちに、にわかに空が暗くなってザアザアと雨が降りだした。

もう一本持っていた傘を、チカがこちらに差し出した。

『遠いところをようこそいらっしゃいました。印南チカと申します』

たちまち鬼退治の幟《のぼり》を捨てて降参したよと、鴨井が苦笑した。

「あらかじめ友人を介して訪問したい旨を伝えてあったが、銘仙を扱う大店《おおだな》の娘がまさか自分であらわれるとは思っていなかった。てっきり下男だか小僧だかがよこされるか、または番頭あたりが出てきて邪険に追い払われるかだと覚悟していたんだ。僕はとりあえず友人宅に厄介になって、おチカさんに会いに通うことにした」

友人の家は大宮町の南の影森《かげもり》という村である。驚いたことに友人はチカに〝鴨井の到着はいつになる〟と伝え忘れていた。

『あいにく兄が千里眼のことを快く思っていないんです』

楚々《そそ》として内気な風情であったが、印南チカは弱い女ではなかった。みずからの思いは胸に納めるふうだが、千里眼のことはきっぱりと口にした。

曖昧な回答はしない。応なら応、否なら否、わからぬものはわからぬ……聞くものに誤解を与えぬ確かな告げようをした。

印南商店は秩父産の織物をまとめて扱う問屋で、土地にはそういう大きな買継商《かいつぎしょう》がいくつかあるという。周辺の村落で織られる反物は決まってそこに集められ、売り買いは彼らの組合を通さなくてはできないことになっていた。

友人によれば、印南は組合のうちではさして有力でないものの、流行り柄の銘仙を扱うのが得意ということだ。

『おチカさんが見通すんだ。〝来年はこういう縞が好まれるからたくさん織るといい〟と馴染《なじ》みの機屋《はたや》に教えるそうだ』

流行りを的中させて〝千里眼乙女〟〝千里眼小町〟と綽名されたという。

友の話にすっかり興奮し、あらためてチカに会った。

待ち合わせは巡礼が白装束で詣でる札所《ふだしょ》の境内だった。その日も盛んに蟬が鳴いていた。

二十歳を超えているはずの千里眼乙女は、番傘の陰でなく晴天の下で会っても可憐な乙女に見えた。

『最初に簡単なテストをさせてください。僕は研究者と言っても助手の身でして、お願いする予備実験が成功すれば、あとから上の先生が来ますから』

『予備実験というのは失せ物探しのようなことでしょうか？　目隠しして花札を当てるような遊びは、子どものころからよくやりました』

『失礼ながら、目隠しが透けてはテストになりません。隙間のないように作った小箱にカードを入れて、そこに書かれた印や文字を言い当ててもらいます。付き添い人の同行はご遠慮ください。正解をこっそり耳打ちする例が以前にありました。それから未来を予見する力があるかどうか、翌日の新聞記事や相場を見通す実験にもご協力いただきたい』

テストに快く応じたチカだが、事が大きくなると家のものがあまりいい顔をせぬと心配をした。〝年端もいかない少女であれば店の宣伝にもなるから結構だが、大人になってまで面白おかしく騒がれては、かえって外聞に障りがある〟……そう日ごろから兄に注意されているのだった。

『実は縁談があるんです。先方にご迷惑がかかってはいけないからと、先生にお会いするのも反対されています』

『あ。ご縁談が？』

美貌の婦人が二十歳を過ぎて実家に暮らしている。千里眼以外にも理由があるのではないかと、何とはなしに勘繰った。

一度は嫁いだが事情があって戻された、とか。

嫁ぎ先の商いが潰れて致し方なくとか。

事によったら縞柄銘仙の懐に抱かれる猫ごと帝都へ連れ帰り、千里眼の研究をやりながら二人で暮らすのもいいなどと、短時間にあらぬことを夢想したりもした。

縁談と聞いて、正直がっかりした。

小箱に隠したカードの印を言い当てることも、翌日の新聞を予知するテストも、チカは見事に成功してのけた。

『いつごろ能力が身につきましたか？　何か信仰している神仏はおありでしょうか？　千里眼を使うあいだに気が遠のいたり眠くなったりは？　催眠術というものをかけられたことはありませんか？』

『先のことが見えるのは、ほんの小さいころからだと思います。学校に通って初めて、ほかの子は明日のお天気がわからないんだと知りました。観音様は拝みますけど、千里眼を使うときには特に〝南無観世音〟とは唱えません。目はつむりますけど寝ているわけじゃないんです』

催眠術にかかったことはない。見通すのはわたし自身ですと、チカがきっぱり言った。

……本物だ。

巡礼の杖《つえ》が石段を突く音を聞きながら、ぞくりと肌が粟立《あわだ》ったことを覚えている。

「すぐさま東京へ電報を打ったよ。欧米における心霊研究のように、心理学の分野のみならず、医学、物理学、宗教学、各分野のオーソリテーが一堂に会して行う実験の場が必要だと直感したんだ。先走らずにまずは上に知らせろと言われていたから、そのとおりにした。おチカさんの能力を調査するために帝大の学者が来ると聞くと、兄の印南社長もさすがに嫌とは突っぱねなかった。お国に逆らってはいけないと考えたんだろう。ただし印南の名前をおもてに出さないでほしいと強く頼まれた。組合仲間の手前もあるし、新聞ダネになるようなことは避けたいと注文されて、僕はおチカさんのためにも〝おっしゃるとおりにします〟と約束をした。ところがほどなく記者がやって来た」

苦《にが》い顔で鴨井が振り返る。

嘉寿哉は訊く。

「記者とは新聞記者ですか？　どこからか話が漏れたのでしょうか」

「東朝《とうちょう》や東日《とうにち》じゃなくて、埼玉の小さい新聞社がよこした記者だった。印南社長はいったん激怒した」

「いったんというと、お怒りはすぐに治まったんでしょうか？」

「そのとおりだ。記者を呼んだのは、おチカさんの縁談の相手だったから」

「えっ」

よりによって結婚相手が暴露を？　と嘉寿哉は目を丸くした。

鴨井がつづける。

「そいつは鏑木《かぶらき》という桐生《きりゅう》出身の投機家だった」

米国帰りだと自慢していたが本当かどうかわからない。鷲鼻《わしばな》に伊達《だて》眼鏡をのせて澄ましていたが、時おりチラチラと人の隙をうかがうような目をするので好きになれなかった。

どうやら初めからチカの不思議な力について承知していたようだった。問屋組合のほうでは金融にも手を広げていたから、いまにして思えば鏑木は銀行家になろうという野心があったのだろう。

「鏑木は自分で記者を呼んで、おチカさんを引き合わせた。裏では僕を門前町に引っ張っていって、酒なぞおごって懐柔しようとした」

伊達眼鏡の奥から抜け目ない様子でこちらをうかがって、

『ねえ、鴨井くん。おチカの千里眼は相場も当てるんでしょう？　なぁに、百発百中でなくたって僕は構いません。何ならイカサマでも構わんくらいだ。帝大の学者先生のまえで見事に当ててくれれば、亭主の商売にとっちゃあ鬼に金棒です』

ひとつ協力を願いますよ、と笑いながら徳利をこちらに向けるので、

『あいにく下戸《げこ》なんです』

嘘《うそ》を言って酒を断った。

妻にする女を金儲《かねもう》けの道具のように考えている鏑木に腹が立ち、その後、若気の至りでチカに詰め寄った。賄賂の酒には口をつけなかったが、友人につき合って少々飲んだあとだった。

『おチカさん！　あんないけすかない男に嫁ぐのはよして、僕と東京に出ませんか？　いまだ助手の身ではありますが、僕にはしっかりとした志があります。学問で身を立て、世のため人のために尽くしたいと考えているんです。あなたのお力を、そのために借りたい。鏑木という男は金にしか興味がない俗物です。とてもあなたにふさわしいとは思えません！』

酔いにまかせての告白を、印南チカは穏やかに微笑んで聞いていた。

夕暮れの札所にその日は巡礼の姿がなかった。ただ蟬だけがしきりに鳴いていた。

呂律《ろれつ》の怪しい求愛を最後まで聞いたあと、チカがそっと言った。

『好きな人があるんです。その人とのあいだに子どももありました。養子に出されて、いまは東京にいると聞いています。学生さんのたくさん通う大きな学校の近くの、庭に椎の木のある家です。帝都からだいぶ離れているので、それきりしか見えません。でも鴨井先生、あなたは将来、あの子に会ってくださる気がします』

ジイジイと騒がしい蟬時雨のなかで、チカの言葉が尊い神託のように鳴り響いた。

『どうもすみませんでした』

慌てて謝り、いたたまれずに逃げだした。

苦い青春の思い出だよと、鴨井がこぼす。

「折原くん。後年、僕はひょんなことから彼女の子どもを見出した。妻の実家が経営する下宿のまえで記念撮影をしたときのことだ。偶然に通りかかった三人連れの親子が、写真屋の制止が間に合わずに写真機のまえを横切った。間の悪い助手が〝とまってくれ〟と声をかけたら、ちょうど我々と一緒に映ってしまってね。届いた写真をあとで見て僕は驚いた。そこに映っている七つか八つの男の子の顔が、幼いながらもほとんど生き写しと言っていいほどおチカさんに似ていた」

目を細めて鴨井がこちらを見る。

「先生、それはもしかして」

実家の名は印南。

伯父だと名乗る印南氏から、このほど訪問の打診がよこされた。

恩師の口ぶりからしても推測できたはずだが、迂闊《うかつ》にも嘉寿哉はここへ来てようやく〝千里眼乙女〟がおのれの母親らしいと意識した。

鴨井は深くうなずき、それきり感慨深げに口をつぐんでいる。

そう聞かされたからといって、にわかに慕情が募ることもなく、嘉寿哉はむしろ淡々とその知らせを受け入れた。

いくつかの考えが頭を過《よぎ》る。

自分は子どものころから勘の鋭いところがあった。ならばそれは、多少なりとも母の資質を受け継いだからなのか。

いやしかし、思い込むのは早計である。第一、現在でも透視や予知といった超人的能力の存在は証明されておらず、自分にしろ鴨井にしろ、能力者を騙《かた》る詐欺の摘発を積極的にすすめる立場をとっているではないか。

そう言えば、チカという名前には覚えがある。異香庵へ来た最初に、弐矢がその名を呼んだ。

あれは確か、霊術家の御厨薔薇との対決に敗れ、悄然《しょうぜん》として帰宅した日のこと。冬景色の庭に、見知らぬ青年が胡坐《あぐら》をかいて座り込んでいた。

声をかけるとパッと飛び上がり『チカ！』と叫んで飛びついてきた。

『会いたかった！　ああっ、チカ』

感激しながらグイグイ頬ずりされて、弱って『僕は折原嘉寿哉というものです』と訂正した。知り合いに似ているのでびっくりしたと弐矢が言っていた。

その後も何度か呼び間違えられたことがある。

家族について話が及んだ際に、

『関東育ちですか。親御さんは？』

『そんなもん、いやしない』

『それでは同じような身の上ですね』

『へえ、あんたも独りぽっち？』

『訂正します。養い親ですが母はありました。先の震災で亡くなりました』

『チカのことは知らないのか』

『チカ？　そう言えば……〝知り合いに似ている〟と言っていましたね』

大切な人ですか？　と訊こうとして、不躾《ぶしつけ》だったと引っ込めた。

思い返してみると、どうやら弐矢はチカという女とこちらの関係を心得ていたようである。帝都に出る以前は武州《ぶしゅう》のあちこちを流れ暮らしたと言っていたから、秩父で織物問屋にでも奉公したことがあったのだろうか……。

「鴨井先生、教えてください。いま現在、おチカさんというかたは？」

気になって訊《たず》ねた。

鴨井がギュウと厳しい顔をした。

「実に申し訳ない、折原くん。おチカさんは、あの年に亡くなったんだ」

千里眼乙女は二十年も前に死んでいる。

薔薇色舞踏倶楽部

一

異香庵に残った弐矢《にや》である。

嘉寿哉《かずや》を送り出してしまうとピシャリと戸を閉め、居間に引っ込んで「ううーん」と思い切り伸びをした。

鮭《しやけ》は味噌《みそ》と醬油《しょうゆ》に漬けたし、栗《くり》の下ごしらえもすませてある。汁物はとろろ昆布と松茸《まつたけ》のつもりで、あとはキャベツの煮浸しを小鉢で出してやる。

もしも嘉寿哉が腹をすかせて早めに帰れば、二日前に百目鬼《どうめき》事務所からくすねて帰った饅頭《まんじゆう》があるから、あれを火鉢で炙《あぶ》って出そう。番茶をすすりながら栗ご飯が炊き上がるのを待てばいい。

〝ああ、弐矢。君の料理は本当に美味《おい》しい……〟

ほう、と溜息《ためいき》をついて喜ぶに違いない。

自分の鮭を半分ほど嘉寿哉に譲るところを想像しながら、弐矢は機嫌よく割烹着《かっぽうぎ》を脱ぐと、するりと帯を解いて弁慶縞《べんけいじま》を脱ぎ捨てた。

姉さん被《かぶ》りの手拭いも取って畳の上へ放り投げる。

「へへ、日なたが気持ちよさそうだ」

ブルルッと身震いすると〝弁天四郎〟からたちまち変身した。

猫又《ねこまた》の本性でなく、ちっぽけな黒猫姿のほうである。ひたひたと縁側へ出て、陽《ひ》の当たるところにくるんと丸まった。

つやつやと射干玉色《ぬばたまいろ》の毛並みが輝いている。遠目に見れば一抱えもある黒曜石のようである。大入道が二匹して差し向かいで碁を打ったら先手の握るほうである。

……幸せだなぁ。腹のなかまでポカポカで、何だかチカに抱かれてるみたいだ。

自分の寝息を聞きながら恋しい飼い主に思いを馳《は》せる。

女は二十年も前に死んでいる。

思い返すといまだに鼻の奥がツンと痛くなる。

幸福なのと寂しいのが一緒くたに押し寄せて、無性に寝返りしたくなる。

愛《いと》しい面影につられて炎の色が瞼《まぶた》に浮かぶ。

『弐矢、あたしを食べて』

甘い肉の味がザラリと舌に蘇《よみがえ》る。耳と髭《ひげ》がピクピク震えた。

妖怪は人を喰《く》って姿を借りる。

弐矢はついこのあいだまでチカの姿をして、浅草の見世物小屋《みせものごや》で客を引いていた。

バサ、と羽音が聞こえて「青鷺火《あおさぎび》だな」と思うが、ものを言うのが億劫《おっくう》なので寝転がったまま知らんぷりをする。

青鷺火が嗄《しわが》れ声で嗤《わら》ったとおり、このごろ人でいるのが疲れるようになった。若くて妖気が盛んなうちは食欲も旺盛だが、老いてくると血の滴る肝が喉を通りにくくなる。そのへんは人間と同じだ。年を食えばあちこちガタが来て、そのうちフッと命が尽きる。

生まれた最初が知れない命なので、いつどんな終わり方をしても構いやしないと高を括《くく》っていた。妖狐《ようこ》に寄ってたかって襲われたときも「死ぬんだなぁ」とぼんやりあきらめた。

ところがチカに出会って考えを変えた。

傷だらけのぐちゃぐちゃで道端に転がっていたのを、チカはそっと抱き上げ「かわいそうに」と労《いたわ》ってくれた。撫《な》でられ、憐《あわ》れまれて、蕩《とろ》けるほど幸せだったたから欲をかいたのだ。それまで女中になったり小僧に化けたりしながら「フフン」と人間を小馬鹿にして生きてきて、誰かに特別懐《なつ》いたり、好きだと思ったりしたのは初めてだった。

チカを愛していたと弐矢は思っている。

だからチカに愛されて死にたい。

しかし、あいにくチカは死んだ。嫌な男に恨まれ、蔵に閉じ込められた。色とりどりの銘仙《めいせん》と一緒に火事に遭い、火に責められ、煙に巻かれながら〝あたしを食べて〟と言って目をつむった。

チカの代わりを見つけて、そいつに抱かれて死にたい。そしたら本望だ。

そう願って帝都へ出てきて、チカそっくりな折原嘉寿哉に会った。

女中代わりに住み込んで世話を焼いたり、仕事の手伝いで重宝がられたりで、なかなか首尾は上々だ。

……青鷺火はもう食い気をなくしてる。とにかく狼《おおかみ》野郎に気をつけねぇと。

厄介なことに犬神の白峰《しらね》は嘉寿哉に気があるらしい。いまひとつ魂胆が知れないので心配だ。

白峰は最初〝兄を探している〟などと言って異香庵を訪れたが、その後も馴《な》れ馴れしく嘉寿哉に話しかけたり、ふらりとやって来ては茶を飲んだりするので気が気でない。

獰猛《どうもう》な本性をいつあらわして、凶悪な顎でパクリと喰いつきやしないかヒヤヒヤする。

「目ん玉社長もたまにおかしな目つきで見てやがる」

あの二匹は要注意だ。

弐矢はゴシゴシと顔をこする。

愛しい相手を引っさらわれるのは御免である。妖気が落ちているから、まともにやり合う元気はない。狼も強敵だが、妖狐の連中には二度と出くわしてはならない。

「チッ、狐《きつね》め」

今年になって二度も妖狐に関わった。狐妖怪は底意地悪く、執念深く、群れて悪さをする陰湿な女怪《じょかい》どもだ。

「シャッ」

半分寝ぼけて宙に向けて威嚇した。

狼にも狐にも邪魔されず、死ぬまでぴったり嘉寿哉とくっついていたい。

万年筆を動かす指にしゃぶりついたり、原稿用紙を蹴散らかしたりして困らせてやりたい……。

仰向《あおむ》けになって秋の陽射《ひざ》しに腹を温める。

二

上野桜木町の鴨井《かもい》宅。

「いま何と？　先生」

「申し訳ない。おチカさんは、僕と会った年に亡くなった」

苦渋の面持ちで鴨井が、印南《いんなみ》チカは二十年も前に死んだと繰り返した。

嘉寿哉は呆然《ぼうぜん》と反芻《はんすう》する。

産みの母とおぼしき女性は明治の終わりごろに他界した。

……すると、弐矢の知り人の〝チカ〟は印南チカとは別人だろうか？

残る事情を鴨井が打ち明けた。

「ほどなく変態心理学が専門の助教授から追加の連絡があった。帝大側は都合が悪くてすぐに発《た》てないというので、京都のほうから医科の教授が先に来ることになったんだ。鏑木《かぶらき》と記者が早くしろとせっつくので、東京一行が来る前に予備実験を二度ばかりやることにした。僕は鏑木への悪感情が募って、失《う》せ物探しや相場予知とは別に、おチカさんに提案をした」

〝鏑木氏の秘密を暴いてみるのはどうでしょう？　そうすれば彼も、許婚者《いいなずけ》に対する無礼な態度をあらためるに違いありません〟

「大宮町に乗り込んできてからの鏑木の態度……土地の銀行、よその問屋、警察関係者、馴《な》染《じ》みの記者とのやり取りから、何となく僕は〝怪しい〟と睨《にら》んでいた。投機家といっても、おそらく山師とか詐欺師に近い手合いじゃないかとね。案の定、おチカさんが透視を試みると、とんでもない悪行が見つかった」

鏑木は印南商店の乗っ取りを企てていたらしい。

「おチカさんは透視で、鏑木の前妻と息子が桐生で大事に養われているのを発見した。将来、日露の戦争後に起きる相場暴落によって鏑木が大損し、自分と結婚すれば秩父の織物業界全体に大不幸を呼び込むだろうとも予言した。僕はそのことを印南社長に告げた」

鏑木の秘書をうまく口説いて聞き出したところ、鏑木にはすでに十歳になる息子がある。一方、チカの兄の印南社長には後継ぎがない。

自分の子を無理にでも印南の養子にさせて、印南商店のみならず問屋組合やら銀行やらのほうまで食い込んで自由にしようという魂胆が鏑木にはある。印南商店と古くから懇意の機屋《はたや》には金品を摑《つか》ませていた。初婚だと言ったが嘘《うそ》で、直前に妻と別れていた。

妹の結婚を急がせていた印南社長だが、事を知ると驚愕《きょうがく》して鏑木に詰め寄った。破談だと言われ、鏑木はチカを逆恨みした。

詐欺まがいの悪知恵でいままでさんざん人を騙《だま》し、儲《もう》けてきたのだ。思わぬ鉄槌《てっつい》を食らって、拗《ねじ》けた心に憎しみの業火を燃え立たせた。

「鏑木は本性をあらわし、おチカさんの千里眼が真っ赤な偽物だという記事を書かせるぞと印南社長を脅しにかかった。物騒な取り巻き連中を連れてきて〝帝都の新聞社に知人がある。そこへ記事を持ち込んで商売を潰してやる〟などと息巻いたんだ。おチカさんは脅迫に屈せず縁談を拒んだが、印南社長は悪党の復讐《ふくしゅう》を恐れて妹を店の蔵に閉じ込めた。まんがいち乱暴を受けたり、力尽《ちからず》くで連れ去られなどしてはいけないと、不測の事態に備えたつもりだったかもしれない。しかし、その蔵に鏑木が油を撒《ま》いて火をつけた。本当か嘘か……単に嫌がらせのつもりで、おチカさんが隠れているとは知らなかったと後日証言したそうだ。火事のなかで彼女は死んでしまった」

チカは蔵のなかで焼け死んだ。

告白すると鴨井は肩を落とし、目を覆った。

「蔵で……」

思わず嘉寿哉は喘《あえ》ぐ。

異香庵の蔵で、養母も死んだ。

大震災の日だ。重い瓦屋根の下敷きになった。ぐらぐら揺らぐその蔵に、自分は駆け込もうとしてできなかった。

産みの母親も蔵で死んだという。

同じ蔵でも秩父の織物問屋の蔵ならば、さぞかし綺麗《きれい》な反物であふれていただろう。色とりどりの銘仙に火が燃え移り、千里眼婦人が身悶《みもだ》えながら炎に巻かれる場面を、嘉寿哉は想像する。

〝ああ、熱い〟

日露戦争後の恐慌を予見したおチカは、みずからの危機について察知し得なかったのか。

「折原くん」

「はい……先生」

「長いこと黙っていて申し訳なかった。鏑木を非難しはしたが、僕はおチカさんの落命の原因は自分にあると感じている。いまここで君とおチカさんに心から謝罪したい。しかし信じてほしい。僕が君に親切にするのは、決して贖罪《しょくざい》の気持ちからだけじゃない。椎《しい》の木のある西片町の家で、どうやら生《な》さぬ仲であるらしい折原夫人と、君と、それから寡黙そうな下男と三人で暮らしているのを発見して、確かに最初はおチカさんへの申し訳なさから見守ることを決意した。その後、一高で講師をしているところに君が生徒として入学してきて、あの震災があって……そのころにはもう君のひたむきな学習態度におおいに感心していた。目先の結果に飛びつかずコツコツと学びを積み上げる実直さ。驕《おご》らず、真摯に反省を重ねる慎み深い探究の姿勢。一人の学生としての折原嘉寿哉に、僕は尊敬の念を抱いたと言っていい。若いころの自分になかった多くの美点を、君は確かに備えている」

　涙を滲《にじ》ませつつ鴨井が詫《わ》びた。

　師は若くして帝大の研究室を去っている。秩父での出来事が原因だろうと、嘉寿哉は確信する。

「その後、鏑木氏はどうなりましたか？」

「鏑木も死亡した。おチカさんの死から一月《ひとつき》と経《た》たないうちだ」

「もしや自死ですか？」

「いいや、警察署からの帰りに夜道で野犬に食い殺されたと聞いた。無惨な死に様だったそうだ。当時、いろいろな噂《うわさ》が飛び交った。〝火事場からおチカさんの遺体が出ずに、印南では葬儀が出せない〟だの〝実は鏑木は蔵に入っておチカさんを手にかけ、証拠隠滅のために火をつけたんだ〟だの、地元紙も騒がしく書き立てた。事実、おチカさんが弔われたのは鏑木の死後だった。警察の捜査終了を待ってのことだと思う。噂の一部はどうやら本当だったらしい。それでも現場の状況から、おチカさんの死亡は間違いないと断定されたようだ。僕はせめて焼香だけでもさせてもらおうと、影森の友人宅で待っていた。葬儀に来ていた親類連中が〝おチカは憎い仇《かたき》を討って、ようやく仏になったんだ〟と囁《ささや》いていたが……」

そういう執念深い人ではなかったよと、鴨井がしんみりつけ加えた。

事件後に印南商店は経営が傾き、いったん倒れたと聞いている。現在も商売をするなら苦労して再起したのだろうと、遺族を思い遣《や》った。

ふと嘉寿哉は問うた。

「先生。僕の父については何かご存じでしょうか？」

「父というのはつまり、君の実の親父《おやじ》さんのことかね」

「はい。おチカさんが言った〝好きな人〟について、何か情報はありますか？」

〝好きな人があるんです。その人とのあいだに子どももありました〟

子をもうけながらも結婚に到《いた》らなかった相手だ。いったいどういう男だったのだろうと、知りたくなった。

鴨井が残念そうに首を振った。

「あいにく何も聞いていない。ただその話を打ち明けてくれたとき、おチカさんはとても愛おしそうに微笑《ほほえ》んでいた」

別れた男と、手放した子どもと、二人ともをじっと心に抱いていたに違いない。

みずからの失恋が悔しくて訊《き》かなかったのではない。彼女の幸福に立ち入ってはならぬ気がして質問できなかったと、鴨井が言う。

「役に立てずすまない。折原くん」

昔話はそこで終わり。

嘉寿哉は「いえ」と答えて黙り込む。

鴨井が提案する。

「印南社長がやって来れば、そのへんのことが明らかになるかもしれない。彼に訊《たず》ねてみるといい。それにしても西片の自宅でなく神保町の職場へ手紙を送るとは、だいぶ用心したものだ。あらかじめ使いをよこして君の暮らしぶりを調べたということだ」

先方には何らかの心づもりがあるのだろうと鴨井が予測する。

紅茶はすっかり冷めている。

数分間じっと考えたすえに嘉寿哉は師の顔をまっすぐ仰ぎ見た。

「先生、早急に取り組んでみたい件があります」

唐突な申し出に鴨井が驚く。

「いったいどんな案件かね。いささか急だが」

重大な打ち明け話の直後である。弟子の口から出るのはてっきり実母への慕情か、もしくは彼女を死に追いやった自分への恨み言かと覚悟をしていた。

白桃の頰をキュッと引き締めた嘉寿哉は、瞳に果敢な決意を煌《きら》めかせている。

「実は、このごろまた悩んでいたんです。女学館における狐火事件以降、このまま変態心理学を追究する資格が自分にあるんだろうかと疑われて、鬱屈が晴れませんでした。事件の際に知り合った女学生からこう言われました……〝手を取り合うことは望まない。ただ、あなたがたが我がもの顔で支配する世界の半分を明け渡してほしい〟と。先生、僕は心理学を学ぶ理由を、変態についての認知と正しい理解、そして変態、常態、双方の和解と、将来における融合融和であると考えていました。未来においてはきっと常態も変態もない渾然一体《こんぜんいったい》とした世界が約束される。そのためにこそ似非《えせ》変態を打ち破り、真の変態を探り当てるべきだと心に決めていたんです。だのに〝融和なぞ望まない〟ときっぱり拒まれました。果たして自分以外の他を尊重するということは、彼らの領土に土足で踏み入り、無遠慮に引っ搔《か》きまわして調べ上げることなんだろうかと……これまでの研究そのものに対する疑念が湧きました。もしも自分が変態であった場合、世間から注目されたり、細かく調査されたり、実験されたりしたら、どういう気分かと」

「うん、それで？」

「いまの先生のお話をうかがい、思うところがありました。先生は秩父でのご経験ののち、超常能力者を見つけて彼らの実在を証明するという従来のアプローチ方法を大きく変更されたのだと思います。すなわち超常能力への偏見を世に広げぬために、似非能力者と対決して、彼らの詐欺行為を看破するという方向へ研究態度をあらためられた。それによって世の人々は〝何だ、超常能力などというものは存在せぬではないか〟と野次馬的興味を失います。おチカさんのような不幸な例を今後は作らず、真の変態能力者を静かに保護するための方法に違いありません」

彼ら自身にはあえて近づかず、守るため。

そうではありませんか？　と問われて鴨井が沈黙する。

「先生、『論語』に〝鬼神《きしん》を敬して之《これ》を遠ざく〟とあります。すなわち畏敬の念を持てということです。正直なところ、僕はすぐには融和策をあきらめられそうにありません。偽怪《ぎかい》、誤怪《ごかい》、仮怪《けかい》のすべてを取り除いたあとに、果たして〝真怪《しんかい》〟というものが存在するかどうか、この目でしっかり見極めたいという希望もあります。しかし研究者の心得として、調査対象への畏怖尊敬の念を忘るるべからずと肝に銘じます。その上で、これを見てください」

上着のポケットから一枚の新聞を取り出し、師に差し出した。

昨日の朝刊の一部である。

神保町の編集部に、手紙と一緒に百目鬼社長が持ってきたのを、あとでもらって持ち帰った。

旅客飛行機運航の記事があり、その下にダンスに興じる男女の写真がある。広告部分に〝御厨薔薇《みくりやそうび》〟と印刷されている。「厨」の字と「薇」の字は華やかな飾り文字にデザインされて、まるで軽やかに踊るようである。

「どれどれ……〝霊妙華麗の術で新境地を開く御厨大先生降臨！　神秘的舞踏場にて紳士淑女を待つ！　奇《く》しき千里眼、麗しき舞踏教師、懇切丁寧なる秘術の指導〟……ふむ。御厨薔薇は、正月ごろに君が一度挑んだ霊術家だね」

「はい」

うなずいて嘉寿哉はちょっとくちびるを嚙《か》む。敗北の悔しさが滲んでパッと濃い紅になる。

日本人離れした御厨薔薇の容姿を思い浮かべる。下落合《しもおちあい》の高級邸宅地で、婦人たちを相手に神秘華霊術《しんぴかれいじゅつ》と称する霊術の講習会を開いていた。

体調不良の女学生に催眠術を施した上で、化け猫に取り憑《つ》かれていると診断し、参加者たちに著書を売りつけ、祈禱《きとう》料を取っていた。

いまのは催眠術ですねと質《ただ》すと、ギリシャ彫刻のような美貌で嘲笑《あざわら》った。

『君は、かわいそうな人だ。折原くん。君の心の貧しさが、わたしには見える。この世にはいっさい不思議なことなどありはしないと頑《かたく》なに決めつけている。科学という刀で万事斬り捨てられると驕り高ぶる、浅はかなインテリゲンチャの一人だ。実にかわいそうだよ』

悠々と人を謀《たばか》るインチキ霊術家を、退散させるどころか、一太刀《ひとたち》さえまともに浴びせることができなかった。

悄然《しょうぜん》と帰陣《きじん》した自分を鴨井が慰めた。

『御厨薔薇に後《おく》れを取ったのだとしたら、足りないのは才能ではなく経験だ。それを埋めるためには多くの人に出会い、彼らと親しく関わることだ。何しろ敵は連日、何十人という信奉者に会うわけだから手強《てごわ》くて当然さ』

道は長い。これからだ。入口をくぐったとたんに元気をなくすことはない、と。

恩師に励まされて奮起し〝妖術カフェ事件〟に取り組んだ。催眠を用いて客を虜《とりこ》にするカフェから、共産主義の若者を救い出したのだった。

潜入記を原稿にまとめて雑誌連載にこぎ着けたが、あのとき力が及ばずカフェから助け損ねたものがある。

女給たちによって〝姫〟と祭り上げられる少女があった。

いや、もしかすると少年だったかもしれない。

羽二重《はぶたえ》の肌、黒絹の髪、韓紅《からくれない》の滲む眥《まなじり》。

この世のものとは思えぬほどに美しかった。

譬《たと》えるならば、月下に咲き初める妖花。

艶然と舞う生き人形。

夜の古御所《こごしょ》に潜む滝夜叉姫《たきやしゃひめ》。

人を操る超常能力がおのれに備わると信じ込んでいた。

『僕を見て。僕の言うことを聞いて。僕に逆らうの？　言うことを聞け！』

『君は誤った思い込みにとらわれているのです。いままで〝思いのままに操る〟ことができたと思う相手は、何者かによって周到な催眠暗示を施されていた疑いがあります。君自身も強力な暗示をかけられているかもしれない。これは決して神通力などというものではありません』

君は僕と同じふつうの人間ですと言い聞かせると、ぽかんとしていた。

殴られて気絶するあいだに女給らとともに消え失せた。

神田川《かんだがわ》沿いから滝夜叉姫はいったい何処《どこ》へ連れ去られたろう。いまでも自分を術者だと信じ込み、まさか髑髏《どくろ》を呼んだり蟾蜍《ひきがえる》に乗ったりするだろうか。できることなら目を覚まさせて助けたい……。

「御厨薔薇に再度挑むつもりかね、折原くん」

「はい、先生。そのつもりです」

はき、と嘉寿哉は返答する。

「秩父からの手紙を読んだときには、もしかするとこれは〝そろそろ心理学の探究をやめないか〟というお告げではないかと、馬鹿な考えが浮かびました。そこのところの悩みをご相談したくて、お宅へお邪魔したわけです。僕の心に〝もう駄目だ。研究から逃げたい〟と思う潜在的欲求があって、伯父《おじ》からの連絡をまるで神仏の知らせのように思い込んだんです。しかし、目が覚めました。見てください、御厨薔薇の宣伝記事に〝千里眼〟とあります。たったいま先生のお話をうかがって思いつきました。もしも神仏の知らせだとしたなら、これは〝すすめ、折原嘉寿哉〟の合図です。僕のなかにまだ〝探究をあきらめてはならない〟という強い願望が潜んでいたわけです」

「ふむ、なるほど」

「先生、もしも僕の産みの母親が千里眼の本物であったとしたら、その偽物を騙《かた》って人心を惑わす御厨を捨て置くことはできません。いつの日にか不可思議な能力の存在が科学的、かつ平和的方法によって証明されたとき、常態の人々も、変態の人々も、正しく理解しあって生きられる世界が来るよう、僕は微力ながら挑みたいと思います」

清純女学館《せいじゅんじょがくかん》の誇り高い女学生が「世界の半分を明け渡せ」と要求した。

だがしかし、家族、友人、恋人……親しいものがもしも異なる世界に行ってしまったらどうだろう。

別れ別れは切ないに違いない。せめて行き来ができる橋があればいい。いいやそれよりも、いつかは常態変態などという括りのない世の中になればいい。

嘉寿哉はそんなふうに遠い未来へ期待を寄せる。

鴨井が「うん」とうなずいた。

「君の思いは理解できた、折原くん。僕の話を聞いた上で奮起してくれたのなら、ありがたい。実に頼もしく思う。広告を見る限り、御厨薔薇は新しい布教《ふきょう》の場を手に入れたようだ。〝神秘的舞踏場にて紳士淑女を待つ〟とある。これまで盛んに講習会を開いては、おもに婦人を相手に霊術指南をしていたが、そろそろ男性信奉者がほしくなったのかもしれない。ダンスの高揚感と美形教師の誘惑でもって、おおいに人を誑《たぶら》かすつもりだろう」

「アジトは会員制の舞踏場です。入場には紹介か面談かが必要で、入会料も二〇〇円とだいぶ高額です」

「そりゃあ高い！　丸《まる》の内《うち》の俸給の二ヶ月分だ。客をふるいにかけて、懐に余裕のある信者ばかり集めようという魂胆だ」

「申し込み先住所があります。湯島です。〝むらさき倶楽部《くらぶ》気付、神秘華霊会まで〟……先生、僕は明日早速ここへ行ってみようと思います」

三

本郷西片町には秩父からの客がまだ訪れないうち。

神保町の百目鬼事務所に、三峰山から縁者がやって来た。

犬神白峰が苦み走った兄ぃの顔で、客の名を呼んだ。

「朱峰《あかね》」

あらわれたのは人懐《ひとなつ》こい笑顔の十四、五歳の少年である。「やあ」と気安く片手を上げて挨拶した。

「どうも久しぶり」

着古した着物にくたくたの帯。麻の前掛けに草履履き。伸びた髪をこよりか何かでキュッと一つに束ね、赤いほっぺたでニコニコしている。

百目鬼社長がポォンと目玉を落っことした。

「ひえぇ！　犬神の兄さんっ」

すくみ上がりながら落とした目玉をあたふた追いかけるのにはわけがある。

昨年冬、百目鬼は懇意の地主に誘われて秩父まで祭礼見物に出かけた。

途中の長瀞《ながとろ》で〝秩父赤壁《せきへき》〟と称される渓谷を楽しみ、そこで見かけた〝ご同類《妖怪》〟につい気安く声をかけた。

『もしもし、あんた、犬神でしょう？ いつだったか、お仲間の姿を帝都で見ましたよ。東京暮らしの一匹狼なんて、ちょいと粋だと感心したもんです』

声をかけた相手は、川沿いの茶屋で働く愛らしい少年給仕だった。

犬神は群れて山のなかで暮らす。茶屋で稼ぐとは珍しい。しかし、もっと変わり者を帝都で見ましたよと冷やかしたところが、その晩に宿からさらわれ、山奥に引きずり込まれてさんざんな目に遭わされた。赤頬《あかほお》の少年給仕は、本性をあらわしてみれば凶悪極まりない狼妖怪だった。

大事な目玉を一つ質《しち》に取られ、しぶしぶ言うことを聞く羽目に陥った。

以前に見かけた犬神を探す手伝いをしろと言うのだ。百目鬼が見た帝都暮らしの犬神が、彼らの探している行方知れずの眷属《けんぞく》だった。

襟首をガブリと咬《か》まれ、引きずりまわされ、蹴りまわされ、吠《ほ》え立てられた恐怖が百目鬼は忘れられない。ブルブル震える手で目玉を眼窩《がんか》に押し込もうとするが、ぬるぽとり、つるぽとりと落っことす。

「嫌だな、社長さん。そんなに怖がることないのに」

赤頬の朱峰がニコニコ顔で白峰に寄り添っている。

どう見ても白峰のほうが年かさの兄である。

白峰はシャツにズボンの洋装だ。むっつり顔をしかめて、だいぶ背の低い朱峰をジロと斜めに見下ろしている。

「なぜ来た？　三峰で何かあったのか？」

「おいおい、白峰。何かあったのかと訊きたいのはこっちだよ。長いこと帰らないから、青峰《あおね》兄さんを真似《まね》して行方をくらましたんじゃないかと心配したよ」

茶屋宛てに百目鬼がよこした葉書でようやく居所が知れてホッとしたんだよと、小柄な兄が弟を見上げて詰《なじ》る。

狼が兄弟喧嘩《げんか》のあいだに百目鬼はやっと目玉を入れ終える。

「暑中見舞いでお知らせしたとおりですよ、お兄さん。あんたがたの上の兄さんは、どうやらとっくにお亡くなりになったようなんです。なのに白峰さんときたら未練たらしく……失敬、実に悠々と帝都にお留《とど》まりなんですから」

困ったことですと卑屈に笑う。質に取られた目玉を返してもらいたい一心である。

白峰がジロリと百目鬼を睨む。

「気になることがある」

青峰の消息は、折原嘉寿哉の話から知れた。

百目鬼が以前に青峰らしき犬神を見かけたのは、西片の異香庵近くだった。震災前のことである。

詳しく折原嘉寿哉に訊ねると、どうやら青峰は〝三峰一郎〟と名乗って折原家に住み、十年以上も下男として暮らしていたらしい。そうするうちに妖力が衰え、最期は狼の姿で死んだ。

人を喰うために下りるほかは犬神は滅多に人里に近づかない。なのに青峰は秩父からはるばる東京へ出て、長いあいだ人間として暮らしていた。理由がわからない。

「白峰さんたら兄さんの足どりを詳しく知りたいと言って、河太郎《かわたろう》にまで取引を持ちかけるんです。そうそう河童《かっぱ》のことですよ。荒川《あらかわ》にはわんさかいるでしょう？」

河童なんかに関わるとろくなことはありません。尻から肝を抜かれますよ、と百目鬼が笑う。

「黙れ」

白峰が目ん玉社長の襟首をむずと摑んで脅す。

朱峰が愛らしい顔で驚いて、

「本当かい？　白峰」

本当のことである。夏前、折原嘉寿哉の依頼で女学校を訪れた際に、女教師宅の蹲踞《つくばい》に閉じ込められていた河童を白峰は助けてやった。

そのときに約束した。

〝井戸から出るのを手伝ってやってもいいが、かわりに兄のことを調べろ。秩父三峰の犬神だ。大地震まで帝都本郷で人に飼われて生きていた。三峰一郎などと名乗っていたようだ〞

河童は水に棲《す》む化け物だ。

川、池、沼、湖水、加えて海坊主《うみぼうず》の縄張りでない海縁《うみべり》。それから井戸や雨樋《あまどい》、盥《たらい》のなか。水のあるところならどこでも棲んで、涼しい顔で泳いでいる。腹が減ると水からひょいと出て、いたいけな子どものフリで人や牛馬をバシャンと引きずり込む。腸《はらわた》を引っこ抜いてぺろりと喰う。

仲間が大勢いて水伝《みずづた》いにしゃべる。物知りで早耳だ。清水《しみず》の湧き出る山奥の秘め事が、メッキ工場の汚水を浴びる仲間の耳にまで滔々《とうとう》と注がれる。

「先日、神田川を渡っていたら納戸色《なんどいろ》のやつが調査結果を持ってきましてね。水から上がると半ズボンにエプロン姿の幼児に化けましたが、手にはしっかり水かきがありました。睨むと『エへへ』と笑って嘴《くちばし》を見せました。そいつが言うには、青峰さんは帝都に出てくる前は下野《しもつけ》で坑夫《こうふ》をしていたそうです。例の足尾《あしお》です」

〝例の〞と百目鬼が言うのは、かつてそこで大事件が起きたからである。

栃木にある足尾銅山は明治に入って民間の経営となり、以後、日本最大の鉱山としておおいに富を生んだ。しかし採掘手段の近代化がもとで、明治末期には周辺地域の鉱毒被害が明るみに出た。経営者は至急の対策を迫られたが、これが会社の懐を圧迫し、労働者らの賃金は低く抑えられ、しかも過酷な労働を強いられた。

明治四十年二月、ついに労働者たちの不満が爆発する。ダイナマイトで見張り所が破壊され、事務所が襲撃され、所長が殴打される騒ぎとなった。

騒動はしだいに激化し、とうとう軍隊までが出た。

「エプロンの幼児が器用に嘴を動かして報告するには、青峰さんはその騒ぎのなかにいたようなんです。荒ぶる人間どもの群れから一人離れて、足尾を去って秩父のほうへ向かったとか」

黙っていた白峰がようやく口を開く。

「隅田川が根城の河童どもが探したが、荒川を秩父まで遡ってもなかなか青峰を知るものがあらわれない。仕方なく利根川《とねがわ》のほうへまわって、渡良瀬川《わたらせがわ》を上ったところでようやく〝犬神を見た〟という仲間にたどり着いたそうだ」

「というのもね、ほら、江戸のむかしに川の付け替えをやったでしょう？　もともと荒川と利根川は通じてたのに、大水が出るからと工事をやって離しちゃった。川はいじるわ、毒は流すわ、汚水は撒くわで、人間連中はつくづく勝手だと納戸色がプリプリ怒ってました」

「足尾を出たとき、青峰は本性だったそうだ」

渡良瀬川の河童から隅田川の河童が伝え聞いた。そのとき青峰は人の姿でなく犬神の本性をあらわし、荒川上流を指して飛ぶように駆けていたという。

朱峰が目をぱちくりさせる。

「秩父目指して駆けたのに、そのあと何だって帝都に？　おっかしいなぁ」

「もういっぺん荒川伝いに聞き込みするそうだ。時間がかかる」

なにぶん水伝いでないと河童は知らせを運べない。川筋が違うと時間を食うそうだと白峰が唸《うな》った。

牙を剝《む》くように兄ぃの顔をしかめる。

「折原嘉寿哉は匂う」

朱峰は革張りの応接椅子に腰かけて聞いている。紅顔の美少年には似合わぬ貫禄《かんろく》で足を組んでいる。ゴールデンバットでもくわえてプカプカ煙を吐きそうだ。

「どういう意味だい？　白峰」

「人間らしからぬ匂いだ。普段は匂わない。やつが正気をなくすと漂う。青峰が帝都に留まったのは匂いのせいじゃないかと疑っている」

「ふぅん。匂いねぇ」

横柄な態度でつぶやく朱峰が、フン、と鼻を天井へ向けた。

弟の白峰は目立って鼻筋が綺麗だが、朱峰のそれも美しい。幼い少年なので華奢《きやしや》ではあるが、つんと尖《とが》った高貴な山の頂を思わせる。雪を被せて夕陽で照らせば天女でも舞い降りそうだ。

「何にせよ、白峰、交尾のために戻っておいで。青峰が女の体を手に入れておまえとまぐわうはずだったけど、死んだんだろう？　だったら代わりにおまえが女に化けないと」

そもそも青峰が里へ下りたのは人の女に変身するためだった。

犬神の本性は一匹残らず雄である。交尾によって子をなすが、そのときは人の男女に化けて交わる。

「想像すると目玉がまた落っこちそう……ひひ」

目ん玉妖怪の百々目鬼にとっては、犬神の交尾は奇怪千万だ。百々目鬼の場合、数え切れない目玉のうちの一つがよそへ分かれていって、人間に取りついて新しい百々目鬼になって増えるのだ。

「朱峰さんたら、その可愛《かわい》らしい給仕姿で弟さんにお挑みになる？」

「うん。何か問題がある？」

「いえね、このとおり白峰の旦那があんまり厳《いか》ついもんだから」

くだらない話はよせと、白峰が百目鬼を睨《ね》めつけた。

「いずれにせよ遠からず三峰に戻る。その前に……」

その前にもう一度、折原嘉寿哉の匂いを確かめたい。

そのころ湯島あたりでは。

四

上野、不忍池《しのばずのいけ》のすぐとなり。

その地は平安のころからすでに武蔵国《むさしのくに》豊島郡《としまぐん》湯島と呼ばれていたそうだ。湯島というからには温泉が湧いたかどうか、そこはあいにく判明せぬらしい。

天満大自在天神《てんまんだいじざいてんじん》菅原道真公《すがわらのみちざねこう》を祀《まつ》るので、彼の学才にあやかろうと古くより文人歌人に篤《あつ》く信奉された。近所の本郷に帝大が開かれてからは学生諸君もしきりに訪れる。若き帝大生が通うのは道真公のもとではなく、江戸のむかしから天神様の御門前に栄える花街である。

池《いけ》の端《はた》の賑《にぎ》わいには及ばぬものの、天神花街にも料理屋が十数軒、待合《まちあい》が二十余軒、芸妓《げいぎ》が八十名ばかりある。

垢《あか》じみた学生服に、白粉《おしろい》。

池水の湿り気に、もの憂げな三味の音。

坂から見下ろす下町にはチロチロと恨めしげな灯火が群れている。高い場所には富めるものが住み、低地には報われぬ人々が寄り集まる。切通《きりどお》しがある。明治の歌人が生活苦に喘ぎつつ夜中に歩んだ坂である。近くに御殿の窓明かりも見える。財閥三代目の本宅は、旧幕時代に大名屋敷であったところを新政府が実業家に払い下げた。時の権力が国を統べるための新たな武器として何を選んだのかがよくわかる。

広々とした敷地にぴたりと寄って建つ館がある。

住所は茅町《かやちょう》だか龍岡《たつおか》だか。菅公《かんこう》の目の届きそうにない暗がりに妖しく息を潜めている。門構えはごく地味で「御殿の執事が住むんじゃなけりゃ、お二号さんでも囲うに違いない」と坂下の芸妓がはすっぱに吐き捨てた。

陶製の表札に『むらさき倶楽部』と出ている。

門を入ると椿《つばき》の茂る庭を石畳が奥へ奥へとつづいている。

操られてするする迷い込む先に、突然こぢんまりとした洋館があらわれる。西洋の建築家に図面を引かせた撞球部屋《ビリヤード》か喫煙室のようなこしらえだ。

椿が果てると薔薇《ばら》が待っている。

瀟洒《しょうしゃ》なバルコニーに男が一人立つ。

堂々たる体軀《たいく》の美丈夫で、洋館には似合わぬ羽織袴《はかま》だ。ミケランジェロの刻んだダビデ像にちょっと似ている。彫りの深い肉付きのいい顔をギュッとしかめて、やけに真剣に見せている。

洋館からは軽快な音色が流れている。

絹のドレスの女が呼びにくる。

「御厨先生、生徒さんがお待ちです」

吊《つ》り目の女は黄金色《こがねいろ》の裾を引いている。雌の獣が長い尻尾《しっぽ》を引きずるようである。

霊術家御厨薔薇はぐんと胸を張って女にうなずいた。

「よろしい。舞踏によって高揚の極みにある諸君の精神を、我が神秘の術で浄《きよ》めてしんぜよう」

大股でバルコニーを行き、音楽のなかへと踏み入った。

華やかな装いの男女が踊りまわっている。

曲にのってバタバタと行き来し、くるくると回転する。

高い天井からはシャンデリアがぶら下がり、蓄音機でレコードが鳴っている。蓄音機はラッパなぞ載せない箱形の最新式だ。

洒落《しゃれ》た靴で踏むステップはフォックストロット。

断髪に雛罌粟《ひなげし》のピンを飾る女が跳ねながら笑う。黄檗色《きはだいろ》のワンピースが目立っている。

「ねえ、あなた。フォックストロットってどういう意味かご存じ？」

男が息を切らして答える。女は余裕のステップだが、男は目がまわりかけている。

「知っていますよ、先生。米国の俳優のフォックス氏が発明したステップだから、フォックストロットでしょう？」

「あら、違うわ。米国ではそうかもしれないけど、ここじゃ狐のダンスよ。狐がこうしてすばやく踏むからトロットよ」

向こうで柑子色《こうじいろ》のスカートを翻して別の娘が踊っている。ダンス相手がリードできず急ぎ足《ぎ》に翻弄されている。

「先生、先生。お願いですからもっと優しく教えてください」

「そんなんじゃ駄目よ。いつまで経っても上達しっこない」

三十名ばかりの男女がホールに集まっている。

『むらさき倶楽部』は夏の終わりにできたばかりの会員制ダンスクラブ。二〇〇円と法外な入会料を取り、加えて面談の審査を通らなければホールの入口をくぐれない。場所が場所だけに客たちは、おとなりの財閥が秘密裏に経営するクラブだと何となく信じ込んでいる。

通うのは金持ちと決まっている。それなりの地位や身分も備えている。たいていは会員の紹介で「湯島あたりに素敵な舞踏場がある」と聞いてくるので、上客が数珠つなぎで訪れることになっている。

彼らを迎えるダンス教師はそろって美形だ。得意なのはフォックストロットだ。先生は女ばかりだが、必要に応じて男装もこなす。関西の少女歌劇団に倣って男役である。髪を括ってスーツを着て、流し目を利かせてご婦人をリードする。

なかに一名、特別扱いの教師がある。

『むらさき倶楽部』一番の売れっ子で、この先生だけは〝彼〟だか〝彼女〟だか誰にもわからない。

倶楽部の設立当初から通う病院長夫人が、新顔の茶道家元《いえもと》令嬢に耳打ちする。

「ご覧あそばして。今日も紫夜《しや》様のお美しいこと。ああいうかたをいったい何て言ったらいいのかしら？　〝美人〟じゃ足りないわ。〝美形〟も違う。〝妖精〟？　〝麗人〟？　そうだわ〝男装の麗人〟がぴったりだわ！」

「まあ、男装の麗人！　素敵ですわ、麗人の紫夜様！」

一曲の終わりが近づくと、男性諸君もこぞって一つ所へ目を向けている。そろいもそろって〝彼女〟を誘おうという魂胆である。紳士服と紳士服のダンスでも構わないほどの熱の入れようだ。

陸軍大尉が手に汗握り、財閥令息も駆け寄る準備をする。

……今夜こそ僕が紫夜さんのお相手を。

……紫夜先生を抱き締めて踊りたい！

倶楽部会員らの熱視線の集まる先。

輸入レコードがぷつりと音楽を途切れさせる横で、美貌のダンス教師が妖艶な笑みにじわりとくちびるを撓《たわ》めている。

春半ば、柳を揺らして舞い飛ぶ若燕《わかつばめ》の不遜な瑞々《みずみず》しさを湛《たた》えている。燕尾服《えんびふく》である。

衣服は濡羽《ぬれば》だが、撓むくちびるは痛烈なまでの紅だ。鮮やかに目を射る燕の喉の色である。

白蝶《ちょう》ネクタイを解《ほど》いて胸骨の真ん中あたりまで見せている。ご婦人方のネックレスよりよほど輝かしい首飾りである。

靴も靴下も脱ぎ散らかして裸足《はだし》だ。

桜貝の爪先と氷の踝《くるぶし》に、男女問わず生徒らがゴクリと生唾を飲んだ。

皆が皆、音楽の余韻なぞ待ちきれずに殺到する。

「紫夜さん！　ぜひ次は僕と！」

「貴様、どけ。俺は先月から待ち焦がれているんだ。紫夜先生、一曲お相手を！」

「殿方の装いなんですもの。わたくしたちのほうへいらしてくださるでしょう？」

「ああっ、先生！　憧れの紫夜先生！」

虫たちが色とりどりの翅《はね》を震わせて熟した果物に群がるように、紫夜に向かってどっと押し寄せる。

そこに颯爽《さっそう》とダビデがあらわれた。

「紳士淑女のかたがた！」

御厨薔薇がパッと両腕を広げて麗人のまえに立ちはだかる。

「いったん小休止を取りましょう。お休みのあいだに、ぜひとも千里眼の力をご覧いただきたい。華麗なるダンス術に、深遠なる神秘術。双方に親しめばこの先、社交界に恐るるものはありません。いざ、ご注目！」

どうかご覧ください、と。

つやのあるバリトンで呼びかけると、紫夜先生に集《たか》りかけていた生徒らがはたと我に返る。

「うむ。焦っては先生に嫌われる」

「千里眼にも興味がありますわ。お話をうかがいましょう」

ダビデが差し出す手のひらへ、麗人舞踏教師が白魚の手をのせた。

羽織袴の大烏《おおがらす》と姿態優美な玄鳥《げんちょう》がまるでこれからダンスを踊るようである。

『むらさき倶楽部』では、舞踏のあいまの休憩に霊術講義をやる。

高い入会料を取って生徒を集めるので、単に猛烈に体を動かすばかりではほしたない。一種サロンのような雰囲気にしようという趣向に見せている。西洋の社交界で心霊術が流行《はや》ったので、それに倣って楽しもうというわけである。

倶楽部は吊り目の支配人によって取り仕切られている。黄金色のドレスの鬱金《うこん》という女である。

鬱金が白羽の矢を立てたのが御厨薔薇である。

春ごろ。鬱金は眷属とともに、麹町区《こうじまちく》にある深草《ふかくさ》という良家の主人を色仕掛けで責め殺した。死んだ深草の口からたびたび御厨の名が聞かれていた。

『妻が近ごろ霊術なぞに傾倒して、ますます手に負えん。御厨薔薇という山師だそうだ。霊術師というだけでもけしからんが、自分はさる御方のご落胤《らくいん》だなどとまで吹聴《ふいちょう》するらしい。もってのほかだ』

深草家での企《たくら》みが不首尾に終わり、代わりに湯島に舞踏倶楽部を建てた。

人間を謀《たばか》るのが得意である。

黄金の裾のドレスも、黄蘗のワンピースも、柑子色のスカートも、倶楽部の女教師はみなみな妖狐だ。狐の化け物、女怪である。

荻窪《おぎくぼ》の住宅地で御厨が講習会を開くところへ押しかけ、まんまと抱き込んだ。

『先生の術にすっかり感服いたしました。わたくしどもは、さるやんごとない筋のご支援をいただいて、湯島のほうで倶楽部を営んでおりますの。一度ぜひいらしてくださ い……』

トントン拍子に話はまとまり、化け物と山師が手を組んだ。

むろん支配人はじめ女教師がすべて妖怪であることは、御厨薔薇は知らない。

御厨は御厨でただ抱き込まれているだけではない。

『ダンスと言えばそもそも上流階級の嗜《たしな》み。いよいよ貴い向きに我が神秘の術を広める好機が到来したのだ』

両者が結託し、互いを利用し合ってそれぞれ目的を達するつもりである。

「とくとご覧《ろう》じよ！」

羽織の袖を黒羽のごとく閃《ひらめ》かせ、神秘華霊術導師が生徒一同を睥睨《へいげい》する。

「この紫夜くんは西洋舞踏の妙技で諸君を導くのみならず、不可思議なる千里眼を用いて紳士淑女がたを迷いの海から救ってしんぜるのです。彼こそは昭和の御代《みよ》に使わされし神眼天女《しんがんてんにょ》。あるいは我が霊術によって見事に開眼せし、稀代《きたい》の千里眼ボーイ！」

おお、と紳士たちがどよめき、まあ、と淑女らが感嘆する。

生徒に交じって拍手を鳴らすのは御厨薔薇の弟子らである。

若燕の紫夜が、つ、と真白い裸足ですすみ出た。

「さあ、おいで。何から何まで僕が見通してあげる」

滴るような笑みで誘うと、生徒のなかからフラフラと一人の紳士が歩みだす。ついさっき他人を突き退《の》けて「先生、お相手を」といきり立っていた陸軍大尉だ。

「あぁ……紫夜先生」

誘蛾灯《ゆうがとう》に吸われる羽虫のように前のめりで近づくと、すぽんと紫夜の懐に抱かれた。御厨薔薇が術をかける。

「いざ、千里眼ボーイ！　奇しき瞳を開くのだ。きえぇい！」

懐から数珠を取り出し、裂帛《れっぱく》の気合いとともに紫夜に向かって振り下ろす。

紫夜は目を閉じ、麗しい顔を伏せると、

「見える……見えるよ、フフ、全部。悪い秘密がこんなにたくさん。不良なんだね、大尉」

隠しても無駄さと、腕のなかの男を酷《ひど》くつねり、

「白状して。例えば、ほら、女のこと……」

呆然と仰向くのを、ぐっ、と睨むと、大尉は口をパクパクさせて白状する。

「すみません、許してください。昨年の春、僕は妻の妹と秘密の仲になりました。妻と違って楚々《そそ》としておとなしくて、はっきり嫌と言わなかったものだから。なのに姉への裏切りを苦にして、彼女は死んでしまった。鎌倉《かまくら》の海へ身を投げたんです。妻も親類も精神の病《やまい》だとあきらめたのに、こうして先生に見破られてしまった。何ていうことだ！」

頭を抱えて大尉が苦悶《くもん》する。

紫夜は「フフン」と嗤って男の背中をさすってやる。

御厨薔薇が数珠を振る。

「紫夜くんはこのとおりふつうの千里眼ではありません。現在起きることのみならず、過去、未来までを見通す神通力を持っている！　加えて、さあっ、いまここに妹御《いもうとご》の霊魂が招かれた！」

ぐっと御厨が腕を突き上げ、目映《まばゆ》いシャンデリアを指さして、

「一同静粛に！　妹御は大尉に対し、かように告げている……〝お義兄《にい》様の痛切なる悔恨の情にいたく感じ入りました。ご厚情、痛み入ります〟と。いまこそ悪縁を断ち切り、清浄世界へ向けて飛翔《ひしょう》すべき時。皆さん、ともに祈られよ！　浄めたまえいい」

気合いに押された生徒一同が、思わずおのおの手を合わせる。「南無阿弥陀仏《なむあみだぶつ》」と唱えるものもあり、胸に十字を切るものもあり。

「何て素晴らしいお力かしら！」

「類《たぐ》い稀《まれ》なる能力だ。驚嘆した」

感動のあまり涙のとまらぬ婦人もある。

紫夜が大尉を放り出し、婦人に近づいてそっと引き寄せる。

「何を泣くの？　僕と踊ろう」

支配人鬱金がすかさず目配せし、新しいレコードが蓄音機にかけられた。

ジャズのリズムが軽やかに聞こえだす。

裸足の紫夜が婦人を抱く。

「ねえ、僕と友達になって？」

「あ、あら、お友達に？　まあ、ええ、喜んで」

妖《あや》しの笑みにたちまち魅了される貴婦人は、大尉の不義なぞたちまち忘れて舞踏に興じる。

軽薄なステップが入り乱れ、湯島の夜が更けていく。

次の休憩には霊術指南が行われる。

手持ち無沙汰の千里眼ボーイは胸骨の熱を夜風になぶらせつつ、倶楽部の庭で妖狐を打《ぶ》つ。

「僕は霊術男が好きじゃない！」

ピシリと頰を打たれて鬱金が吊り目を余計に吊り上げる。

「姫様《ひいさま》。何とぞいましばしのご辛抱」

〝千里眼ボーイ〟というのは御厨の嘘で、紫夜の異能は人間を意のままに操ることである。彼の重瞳《ちょうどう》には人を惑わす不思議な星が浮いている。

じっと見つめられれば腑抜《ふぬ》けとなって、何でも言うとおりにしてしまう。

美貌の王子は妖狐たちから〝姫様〟と崇《あが》められている。王子であり王女である。

頑是《がんぜ》ない子どものように好き嫌いを隠さぬ紫夜に、鬱金が妖狐の悲願を説き聞かせる。

三日に一度は言い聞かせないと癇癪《かんしゃく》を起こして爆発する。

「お聞きください、紫夜様、あなた様は我ら妖狐にとりましての希望。千年に一度だけ授かる稀なる美玉《びぎょく》でいらしゃるのです。妖狐が人と睦《むつ》んでもうけし変成男子《へんじようなんし》。その神通力に人間どもはひれ伏し、一人残らず従うことでしょう。日《ひ》の本《もと》のみならず、ひいては唐国《からくに》までをも手にお入れになるはずの、実に貴いおかた様なのです」

美玉が女狐《めぎつね》を睨む。

「だったら何で霊術男なんかを近づけるのさ。嫌いだって言ったら嫌いなのに！」

「あれは姫様が九重《ここのえ》のうちへお入りになるための、都合のよいつてでございます。御厨薔薇は鯉《こい》にやる餌なのです。用がすんで余れば捨てるか、またはペロリと召し上がってしまえばよろしいのです」

「フンッ。あんなのちっとも美味しそうじゃない！」

好みじゃない、とそっぽを向いて千里眼ボーイが憤る。

皆《まなじり》を真っ赤に染めている。涙まで滲んでいる。

「僕がほしいのは、もっと……」

秋風に吹かれてもいっこうに冷えない胸骨を、紫夜はするりとおのれで撫でる。白魚の指を、つ、とすべらせ、赤らむ二つの蕾《つぼみ》をいじる。

「ああ、もっと！」

吐息してのけぞる喉に絹の黒髪がまといつく。まるで夜の投網《とあみ》にかかる人魚である。

「鬱金。僕はともだちに会いたい」

怪訝《けげん》そうに見る鬱金にプイと背を向けて、紫夜は椿の垣根をぼんやりと見る。

「接吻《せっぷん》しても言うことを聞かなかった……僕を〝ふつうの人間だ〟なんて罵った。僕と同じくらい美しかった。彼はいまごろ、どこで、どうしてるだろう?」

五

恩師の打ち明け話を聞いたあと、嘉寿哉は珍しく帝大近所の喫茶店でコーヒーを飲みながら一人で作戦を練った。そうして金を払って外で飲食するのは滅多にないことだ。作戦を練るにも、打ち明け話を消化するにも、よそで孤独に過ごす時間が必要だった。コーヒー一杯でずいぶん粘り、しまいには給仕が咳払《せきばら》いで追い立てるので、仕方なく店を出た。

坂の多い本郷をぐるぐると歩きまわり、異香庵に帰るころには黄昏時《たそがれどき》となっていた。

「ただいま戻りました」

いつもは飛んで出てくる下宿人があらわれぬので、不思議に思って縁側を見ると、黒猫が一匹気持ちよさそうに夕陽に当たって丸くなっていた。

「弐矢、留守ですか？」

庭から台所のほうへ声をかけると、黒猫がピョーンと弾《はじ》かれたように跳んで、家のなか目がけて駆け入った。

「ああ、驚かせてしまいましたか、猫くん。すみません。追い出したりしませんから慌てずに」

猫は最近ちょくちょく見かける野良である。

ソフト帽を取って玄関を入ると、奥からバタバタと弐矢があらわれた。

「ごめんよ、嘉寿哉。遅いからついうたた寝しちゃったよ」

「ただいま帰りました。長くかかってすみません。鴨井先生のところへお邪魔したあと、考えごとのために喫茶店に寄ってきたんです」

涼しい季節なのに着物を脱いで寝たのだろうか、弐矢は弁慶縞の前を急いで合わせている。くしゃくしゃの猫っ毛を撫でつけながら、悪戯《いたずら》を見つかった子どものような顔でいる。

「腹が減ったろ？　すぐに飯を炊くから待ってろよ！」

そう言って台所へすっ飛んでいく。

小一時間もせぬうちに卓袱台《ちゃぶだい》に食事が並ぶ。

焼き鮭に、栗ご飯に、とろろ昆布と松茸の吸い物に、キャベツの煮浸し。

「ああ、弐矢。君の作ってくれる食事は本当に何て美味しいんでしょう」

ようやく気分が落ち着きましたと微笑むと、嘉寿哉はあらたまって切り出した。

「実は君に頼みがあります」

卓袱台を挟んで座る弐矢は弁慶縞に兵児帯《へこおび》に割烹着。嘉寿哉が帰宅したときにはちょうど、ちっぽけな黒猫姿で縁側で寝込む最中だった。

午前も寝て、午後も寝た。

嘉寿哉に飯を食わせて安心し、またぞろ眠くなったところである。

しかし「頼みがある」などと嬉《うれ》しいことを言われて、パッと目が覚めた。

「頼み？　何だ？　何でもするよ」

あんたのためなら一肌でも二肌でも脱ぐよと勢い込んで返事をすると、番茶をすすった嘉寿哉がきちんと正座する。

「作戦を手伝ってほしいんです。少々危険を伴う仕事です」

力を貸してほしいと言われて、危うく尻尾が飛び出そうになった。

慌てて尻を押さえて喜んだ。

日ごろから家事の面では重宝されるが、肝心のときに頼りにされるのが犬神ばかりで気に食わなかった。女学館のときは、ほっそり美しい嘉寿哉の横に強面《こわもて》の白峰がぴたりと寄り添って、二人して九段《くだん》のほうへ連れ立って歩くのを見て、腹が煮えて仕方なかった。

「もちろん手伝うさ！　犬神のやつなんかお払い箱さ！」

「ええ。今回は白峰さんを煩わせるつもりはありません」

聞いて弐矢は有頂天だ。〝やっぱり狼なんかより猫だ〟と大得意になる。

嘉寿哉が鞄《かばん》から新聞紙を取り出す。

「明日、ここへ潜入してみたいと思います。君に付き添いをお願いしたい」

弐矢はあいにく字が読めない。それでも嘉寿哉の指さすところを真剣にのぞき込む。

踊る男女の写真がある。

「何だ？　盆踊りか？」

「いわゆるダンスホールという場所です。住所は湯島です。『むらさき倶楽部』という舞踏場ですが、正面から入るには入会料が必要なんです。通常の舞踏場ならば並んでチケットを買えばすみますが、この『むらさき倶楽部』は特別高価です。そこで君の力を借りて忍び込もうと思うんです」

「忍び込んで踊ればいいんだな。まかせとけ」

かっぽれでも安来節《やすぎぶし》でも何でも来いと引き受ける。

安来節のほうは浅草でおおいに流行ったからお手のものである。

「ありがとう、弐矢。君が引き受けてくれれば百人力です。頼りにしています。帝大にもモダンダンスクラブがあって、在学中、先輩に同道を頼まれて市中の舞踏場に二度ほど出かけたことがありました。様子はあらかた想像がつきますが、僕一人ではどうにも心ぼそい。記事にあるとおり『むらさき倶楽部』という舞踏場では、霊術の宣伝をやるようです。御厨薔薇というのは以前から僕が対決を望んでいる似非《えせ》霊術師で、非常な難敵です」

今度こそ偽霊術を打ち破らなければと、嘉寿哉は凜々《りり》しくくちびるを引き結ぶ。

「〝奇しき千里眼〟などと宣伝していますが、きっと手品かイカサマの類に違いありません。何としてでも奇術の種を明かし、真怪に対する人々の誤解や思い込みを払拭しなければ」

たっぷりの食事と熱い番茶で温まった嘉寿哉は、ほんのり紅潮させた頰をキュッと引き締める。鴨井に表明した決意を実行に移すと決めている。

亡き母親のためにも奮闘すべしとみずからを奮い立たせつつ、嬉々《きき》として手踊りしている弐矢をふと見つめ、

「そう言えば、弐矢。君が以前に僕と間違えていたチカという人ですが」

「えっ」

「知り合いに似ていると言っていたでしょう。ほら、初めてこの家にあらわれたとき、僕をチカと呼びました。知人と間違えたと言って」

「ああ、ええっと、そうだっけ」

「見間違えるくらいの年ごろのかたなら、僕の縁者とは別人ということになりますが、もしかすると母によく似た姪《めい》でも……いいえ、いいんです、何でもありません」

特に探したいわけでもありませんと断り、嘉寿哉は卓袱台のまえを立つ。

「明日はよろしく頼みます。潜入決行は夜です。手前で見咎《みとが》められてはいけませんから服装をととのえて乗り込みましょう」

書斎に引き取る嘉寿哉と別れて、弐矢は台所の片づけに行く。

窓に襤褸《ぼろ》雑巾そっくりな青鷺火がとまっている。

嗄れ声で鳥妖怪が嗤う。

「聞こえましたよ、猫の人。懲りずに家主の頼みを聞いてやるんですねぇ」

茶碗《ちゃわん》を洗いながら弐矢は舌打ちする。

「ちぇっ。嘉寿哉が言うんだから聞かないわけにいかないよ」

「そうして人間に化けてるだけでやっとだってのに、余計な仕事なんぞしてちゃあ寿命が縮むばっかりですよ？　あっしをご覧なせぇ。おとなしく獣のなりでいりゃあ、もう十年ばっかし余分に長生きできる」

「そうは言っても猫のなりじゃ嘉寿哉と口も聞けないだろ？　せっかく仲よくなったたってのに」

猫の見た目が災いしたからチカと一緒になれなかったと思い込んでいる。別れ別れは二度と御免だと弐矢は口を尖らせる。

シッシッと物識《ものし》り顔の青鷺火を追い払う。

「ま、せいぜいお励みなせぇ」

襤褸羽をバサリと震わせて椎の洞《うろ》へと隠れにいく。


翌日。

首から下はいつもどおりのくたびれた有様だが、頭髪だけポマードできっちりめかし込んだ嘉寿哉があらわれた。

「えっ、あっ、何だよ嘉寿哉。とっても素敵だよ」

見るなり弐矢はピョンと跳ねて褒める。

日ごろは床屋へ行く金を惜しんで髪なぞお構いなしのくしゃくしゃだが、そうして七分三分に前髪を分けると顔がくっきり露《あら》わになって、チカに生き写しなのが余計に目立つ。

「君にそう言われると、何だか嬉しいようなこそばゆいようなです。弐矢」

あらたまって身内に褒められるのは、高校入学のときに下男に制服姿を褒められて以来です、と。嘉寿哉が肩をすくめて羞《は》じらった。

「君の頭も梳《と》かしましょう。鴨井先生が軍資金を都合してくださったので、首から下はのちほど古着屋へ寄ってから」

櫛《くし》を手に嘉寿哉が弐矢の髪を丁寧に梳《す》く。猫っ毛なのでフワフワするのを油をつけて丁寧に撫でつけた。

美青年二人が頭だけ洒落た格好に出来上がる。嘉寿哉は普段着といえども上着にズボンなのでまっとうな部類だが、弐矢は尻《しり》っ端《ぱしょ》折りの弁慶縞に股引《ももひき》なので、首から上だけモダンボーイにすげ替えたようである。

異香庵を出ると、湯島へ下る前に馴染みの古着屋にまわる。古着屋は神田にある。

「いまから誘われてダンスホールへ行くんです。ご婦人に嫌われないような格好にしないといけません」

上品なのを見繕ってくださいと店の親父に頼むと、流行りの洋装を二揃《ふたそろ》い出してきた。

「お二人とも美男子ですから着替えれば見映えがするでしょう」

張り切って乗り込んでください、などとおだてられて弐矢は気分がいい。何しろ嘉寿哉に頼まれての〝逢《あ》い引《び》き〟だ。狼も目ん玉も抜きで水入らずだ。モダンボーイ同士で安来節を踊るのを想像しては脂下《やにさ》がる。

嘉寿哉は紺サージの三つ揃い。華奢なのでしっくりとくるサイズが見つからず、親父が手早く裾と袖の寸法を直してくれる。

弐矢はツイードの背広でちょうどいいのが見つかる。ネクタイなぞ締められて窮屈だが、いよいよ得意な気分になる。

「へへ。嘉寿哉はシャキッとした服が似合うなぁ」

「君も見違えるようです、弐矢。銀座界隈《かいわい》を闊歩《かっぽ》していそうです」

洒落た街だと噂に聞く銀座を念入りにひやかしたことはないが、嘉寿哉と一緒なら出かけてもいいと弐矢は考える。浅草仲見世《なかみせ》と似たようなものに違いないと、極彩色の派手派手を思い描く。

〝シンリガク〟の小難しい講釈を聞きつつぶらぶら歩きで、橙《だいだい》色《いろ》の飴《あめ》を買ったり、安《やす》煙草《たばこ》をくすねて嘉寿哉にやったりしてみたい。きっと喜ぶに違いない。

『君は本当にすばやいですね、弐矢』

『そうだろ？　犬神なんかに負けやしない』

『何と言っても君が一番です』

……嬉しいなぁ、嘉寿哉。

「弐矢。行きましょう、さあ」

「えっ、あっ、いま行くよ。置いてかないでくれよ」

市電に乗れば早いが、服を買ったぶん節約をして徒歩で行く。

神田川を越えて本郷のほうへ戻る途中、聖堂だの神田明神だのを過ぎる。孔子《こうし》様のお堂も明神様のお社も大震災で燃えたが、弟子やら氏子やらが造り直しているそうだ。ぐらりと来たら燃えるお堂なぞ造らずに、その金で嘉寿哉に新品の晴れ着を仕立ててやりたいものだと弐矢はもったいなく思う。

湯島に着く。

服の調達に時間をかけたので、すっかり夕暮れになっている。

花街あたりの景色が西日を受けて茶にくすみ、芸妓の暇潰しだろうか、三味線が途切れ途切れに狭い辻《つじ》に聞こえている。

せせこましい坂を上がる。このまま嘉寿哉と二人、まえになったりうしろになったりしながら黄泉平坂《よもつひらさか》まで行きたいと弐矢はうっとり夢想する。

「この近くです」

財閥の邸宅の塀が薄闇のなかに黒々と聳《そび》えている。江戸の昔も昭和のいまも、財産や身分が高いのは周囲を囲って下々《しもじも》から見えないようにする。

塀に沿っていくとほどなく館があらわれた。

「ここです」と嘉寿哉が指して、弐矢は「ふぅん」とのぞき込む。

冷えた夜風がそよりと吹き寄せる。

と、

「シャッ」

突然のことで、うっかり本性の声が出た。

弐矢は慌てておのれの口をふさぐ。

嘉寿哉が目を丸くして振り返る。

「どうしました、弐矢。まるで怯《おび》えた猫のような声でした」

「怯えてなんかないやい！」

嘘だ。

総毛立つほど恐怖した。

妖狐だ！

やつらの匂いだ！

嘉寿哉が表札を確かめた門の奥から、むわり、と秋風にのって狐妖怪の匂いが漂い寄せたのだ。

「嘉寿哉、帰ろう」

泡を食って嘉寿哉の袖を引く。

上等の生地だからあいにく、するりと逃げる。

「帰りません。敵のアジトを確かめにきたんです」

「危ないよ。取って喰われるかもしれないよ」

「覚悟の上の挑戦です。御厨薔薇の暗躍をこれ以上黙認するわけにはいきません」

「なかにいるのが人間ばかりとは限らないよ」

「承知しています。化け物、妖怪、鬼、夜叉《やしゃ》、ゴースト、スピリット。こうなったら何でも来いです」

勇ましく宣言して嘉寿哉は前屈《まえかが》みの姿勢をとる。

門柱の表札に『むらさき倶楽部』とある。

路地にも門のなかにも人気はない。いまが侵入を試みる好機と、嘉寿哉は一歩踏み出した。

「無理強いはしません。怖ければ引き返してくれても構いません」

「そんなぁ、嘉寿哉ぁ」

躊躇《ためら》わずに踏み入る嘉寿哉を追いかけ、弐矢も仕方なくピョンと門内に跳び込んだ。

椿がみっしり植わっている。奥へ奥へと誘い込むように飛び石が敷かれている。

人に見られぬように注意しながら嘉寿哉は忍び込む。

紺サージで夕闇に紛れるあとから、ツイードの弐矢もひたひたとつづく。革靴など履き慣れないので歩きにくくてしょうがない。途中から脱いでしまって靴下で行く。

椿が終わるところで嘉寿哉が立ちどまる。

「バルコニーが見えます。音楽も聞こえます」

「西洋ジャズだよ。かっぽれでも安来節でもないよ。帰ろうよ」

「見つかったときには〝入会料が必要とは知らなかった〟と言って切り抜けましょう。もう少し近づきましょう」

室内に人が集まっている。話し声が聞こえるところまで行きましょうと言って、嘉寿哉がバルコニーに近づいた。

ジャズの音色とともに狐臭さが迫るから、弐矢は気が気でない。できることなら即刻まわれ右で逃げだしたい。

……ちきしょう、嘉寿哉さえいなけりゃあ。

シャンデリアが輝くのが窓越しに見える。天井の高いホールである。男女がペアを組んで踊っている。男はぴたりと髪を撫でつけ、女はひらひらとスカートを広げている。

目を凝らすと女の半分はやはり狐である。

見覚えのあるのがいるぞと弐矢は舌打ちする。黄金色のドレスで「おほほ」と高慢に笑う吊り目である。冬の神田川沿いで見かけたし、梅雨時には燃え盛る洋館の庭にも出た。

もしや、二十年前に秩父で自分を半死半生の目に遭わせた妖狐の群れにもいたのではないか？

怖《お》じ気《け》を震《ふる》って疑った。

バルコニーに人が出てくる。

幸い人間の男女である。

背が高くて押し出しのいい男が、中年の婦人を連れている。婦人は和装で、ずいぶんのっぽだ。どうやら女のほうが誘って出たようだ。

「先生、娘のことで折り入ってご相談がございますの」

男は羽織袴である。

彫りの深い横顔を室内の灯りに照らしつつ、魅力的なバリトンで返答する。

「何なりと聞きましょう」

「実は、娘があまり感心しない相手とお近づきになっておりますの。親としてどう導いたらよいものか途方に暮れています。何も時代遅れのお説教をしようというつもりはないんです。ただ、お相手がこちらにおいでのかたがたのような身元の確かな殿方ならよろしいんですの。困ったことに、主人がそのへんのことにてんで無頓着なんですわ。妻の意見を少しも聞かず、おかしな人を娘に近づけるんです。どうすればよろしいんでしょう?」

のっぽの婦人はハンケチを取り出して目もとに当てている。

「夫の仕事の関係で、署長夫人と知り合いですの。誘われて気晴らしにあちこちの舞踏場へまいりましたけど、こういう神秘的なところは初めてです。話に聞く千里眼というものを目の当たりにして、すっかり感銘を受けました」

ご高説をうかがって希望が持てる気がしておりますの、と。

婦人は男のほうへ身を寄せる。

男がすかさず肩を抱いて慰める。

「それはご心配でしょう。おっしゃるとおり、まず千里眼にて因果の源を突きとめることをおすすめします。もしかすると悪霊めいたものの仕業かもしれない。お嬢さんか、ご主人か、もしくは双方に怪しげな化け物が憑いていないとも限りません。その場合、我が霊術にてたちどころに退治してしんぜよう」

「まあ、こちらへうかがったかいがありますわ。頼りにしております、先生」

中年婦人は草履の運びも軽やかにバルコニーから引っ込んだ。

引っ込む際に、寸の足りぬ袖からピラリと何かが舞い落ちる。

新たな曲が鳴りだし、男も室内へ引き上げる。

嘉寿哉が果敢にあとを追おうとする。

わざわざよそ行きに着替えて敵のアジトへ侵入したのだ。仇敵《きゅうてき》と認める御厨薔薇が目のまえにいる。相変わらず堂々たる外見と巧みな話術でもって婦人を誑《たぶら》かさんとしている。乗り込んでいって詐欺の証拠を突きとめ、追及せずにおくものかと、おおいに意気込んだ。

「今日こそ尻尾をつかみ、化けの皮を剥がさなければ」

慌てて弐矢は引き留める。

「待てよ。女狐だらけだよ。尻尾なんかつかんだら八つ裂きだよ」

「いいえ、あのとおり紳士もたくさんです。彼らに紛れて偵察し、動かぬ証拠を見つけて御厨薔薇に宣戦布告を！」

紺サージの袖がまたしてもするりと逃げて、あわや嘉寿哉一人がダンスホールへ躍り込もうとするところ、

「お待ちになって、嘉寿哉様！」

誰かの腕がビュンと弐矢を越え、はっしと嘉寿哉を捕らえた。

椿の暗闇から女が跳んで出る。

弐矢は驚き、妖怪相手でもないのに「シャッ」と威嚇する。

五尺六寸の大柄だ。

あらわれたのは太三つ編みに、今夜もやけに地味な着物の鴨井琴枝《ことえ》である。

六

庭の茂みから突如、琴太郎《キンタロ》ちゃんが躍り出た。

「お待ちになって、嘉寿哉様！　突撃なさる前にどうか琴枝の話を聞いてっ」

「琴枝お嬢さん？　どうしてここに」

景気よく米国のジャズが流れている。

決死の覚悟で討ち入ろうとしていた嘉寿哉は、琴枝の登場にさすがに躊躇った。

いったん飛び退いた弐矢がここぞとばかりに口説く。

「見つかったら事だよ。三人まとめて取って喰われるよ」

「確かに……危険な場所に女性を一人残すわけにはいきません。いったん現場を離れましょう」

お嬢さんを無事に送り届ける義務がありますと、やむなく舞踏場への潜入を思いとどまった。

時刻は夜の七時すぎである。

とりあえず明るいほうへ行きましょうと、三人して不忍池《しのばずのいけ》に出た。

界隈は上野の盛り場だ。東叡山寛永寺《とうえいざんかんえいじ》の麓に位置する。江戸名所図会《えどめいしょずえ》には〝江州琵琶湖《ごうしゅうびわこ》に比す〟とあって、寛永寺草創のときに慈眼大師《じげんだいし》が近江国《おうみのくに》の琵琶湖になぞらえて池のなかに中の島を築かせ、弁財天《べんざいてん》の社を建てたそうだ。〝池水《ちすい》深うして旱魃《かんばつ》にも涸《か》るることなし。殊に蓮《はちす》多く花の頃は紅白咲き乱れ〟て、まるで天女が居並ぶような光景となる。芳しい香りが遠近《おちこち》の人の袂《たもと》を襲うが、あいにくいまは花期ではない。旨《うま》い食い物の匂いがあたりに漂うばかりだ。

「お宅までお送りします。乗合《のりあい》にしますか？　それとも円タクを」

池のほとりにどちらでもある。とりあえず乗合自動車のほうを指したところで、利《り》休鼠《きゅうねず》の帯に締められた琴枝のお腹《なか》がグウと派手に鳴り響いた。

「まあ、嫌だ！　琴枝ったら恥ずかしいっ」

弁財天を叩《たた》き起こしそうな琴太郎嬢の腹の虫である。

顔を覆って駆け出す琴枝が、突っ立っていた弐矢とゴツンとまともに衝突した。

「ギャッ」

弾き飛ばされたのは弐矢だ。尻餅をついたところが天麩羅《てんぷら》屋のまえだった。

夜風に葡萄茶《えびちゃ》の暖簾《のれん》がそよいでいる。

「ひとつ食事でもどうでしょう」

平素は気働きのいっこうに利かない嘉寿哉であったが、懐に軍資金のあることも手伝って珍しく申し出た。

琴太郎嬢のなかで腹の虫と恥ずかしさが争って、腹の虫のほうに軍配が上がる。

「嘉寿哉様がそうおっしゃるなら、どこへでも参ります」

太い三つ編みがブンッと縦に弾んで、池の端での食事が決まった。

狐さえ出なければ結構だと、弐矢も二つ返事で天麩羅にのる。

暖簾をくぐると店はなかなか繁盛している。背広姿の俸給生活者が大勢、天麩羅とビールで秋の夜を楽しんでいる。

品書きをチラとのぞく嘉寿哉が「天丼でいいでしょうか」と確かめ、給仕に注文を告げた。

丼が来るのを待つあいだ、

「差し支えなければ、どういった経緯であそこにいらしたかうかがえますか？　お嬢さん」

礼儀正しく嘉寿哉は質問した。

電灯の明るさの下で見てみると、琴枝は先日会ったときと同様、少々変わった扮装《ふんそう》をしている。

こちらも平素と異なる上等の三つ揃いだが、琴枝もまるで母親の着物を借りてきたような大人びた格好だ。地味な小紋に三つ編みが似合わないことこの上ない。

「もしや女学校で演劇か何か？」

「いいえ、違います」

「謡《うたい》か義太夫《ぎだゆう》か、大人びた稽古事でも？」

「それも違います」

「では、もしかするとお母様……鴨井先生の奥様について探索を？」

問い質すと琴枝が「まあっ」と飛び上がった。

「まあっ！　まあっ！　嘉寿哉様ったら、まあっ！」

乙女の大音声《だいおんじよう》に周囲がいっせいに振り返る。天麩羅の海老《えび》までびっくりして跳ねそうだ。

「拝察するに、先ほど舞踏場のバルコニーで御厨薔薇と話し込んでいたご婦人、あれは鴨井夫人ですね？　以前、お宅へうかがった際にご挨拶させていただいて、僕はお母様とは顔見知りです。声に聞き覚えがあると思いました」

あれはお母上でしたね？　と。

確かめると、琴枝が観念した顔でコックリとうなずいた。

意気消沈している。福笑いのおかめに似ているので、誤って眉を八の字に、口を逆さまのへの字に並べたようになる。

「お見通しでいらしたんですね、さすがは嘉寿哉様。琴枝はおとなしく降参します」

普段は向かうところ敵なしの琴太郎嬢が、しょんぼりと肩をすぼめ、涙まで浮かべるので、嘉寿哉は追及しておきながら申し訳ない気分になった。

「不躾《ぶしつけ》な言いようをして申し訳ありません。あの場ですぐさま見分けがついたわけでありません。お嬢さんが突然あらわれて必死に僕をとめたことを考え、相応の理由がおありだろうと推理したまでです。池まで来る途中〝そう言えば、あの声は〟と思い当たりました。決してお母様のことを疑ったり怪しんだりしていたわけではありません」

『むらさき倶楽部』へ出かけたのは違う理由からですと説明すると、琴枝がホッと安堵《あんど》した。

「実は、少し前から母の様子が変だったんです。父が留守の日にいそいそと出かけて、しかも上等の簪《かんざし》を着けたり、目立つ帯留めを選んだり。〝お友達に誘われてお芝居に〟だの〝銀座のほうへおつき合いで〟だのとごまかしても、琴枝の目は欺けません。何と言ってもホウムズ様に鍛えられていますもの」

「ホウムズ様とは名探偵のシヤロック・ホウムズですね」

琴枝が探偵小説の愛読者であることはすでに承知しているので、嘉寿哉はすぐさま察する。

「ええ。それで琴枝もホウムズ様に倣って、このとおり変装をして母のあとを何度か尾行していたんです」

そう言えば昨日、恩師宅を訪れた際に行き合ったときにも、琴枝は今夜と似たり寄ったりの服装をしていた。なるほどそういうわけだったかと嘉寿哉は納得した。

「母は近ごろ警察署長夫人と仲よくしてるんです。二人して夏ごろからダンスに夢中です。父は何年か前に地方の仕事で署長様とご縁があったので、その奥様のお誘いだから全然不思議に思いません。母は夫人と連れだって、昨日は銀座でお汁粉を食べました。琴枝はこっそりとなりの席に座って聞き耳を立てたんです。母たちはそこで今夜のことを打ち合わせていました。〝秘密のダンスクラブに行きましょう〟って。〝会費は立て替えて差し上げます〟と署長夫人がおっしゃったら、母がとても喜びました」

鴨井夫人は夫に「歌舞伎に行く」と告げて出たそうだ。琴枝は学校が退《ひ》けると急いで帰宅し「頭痛がするから寝る」と父にごまかして、桜木町の自宅を抜け出たそうである。

「もしかしたら母の不良行動に気づいた父が、嘉寿哉様に探偵をお願いしたんじゃないかと思ってハラハラしたんです」

「いいえ、そうじゃありません。安心してください」

「見栄《みえ》っ張《ば》りで、口うるさくて、父にも文句ばかりですけど……琴枝、お母様がいなくなったら困るんです」

「当然のお気持ちです。理解できます」

鴨井は婿養子というわけではないが、妻の実家にだいぶ世話になったと聞いたことがある。早くに大学の研究室を辞めたから、若いうちは苦労も多かったに違いない。桜木町の家も資金面で援助を受けたと言っていた。

嘉寿哉が鴨井の支援を得たのは高校に入ってからだが、しかし、あのころ師はまだ講師の仕事をしていた。家庭がありながら余所《よそ》の子どもにかまける夫を、妻が快く思うはずがない。

……もしも先生が家庭不和に悩んでおられるとしたら、僕にも責任の一端があるのでは？

嘉寿哉は初めてそう気づく。

鴨井は何かにつけて「ワイフがうるさくて」と遠慮するふうである。

日ごろから両親の仲について心配するのだろう。女学校では〝琴太郎ちゃん〟の異名を取り、下級生からも頼りにされる琴枝の、思いがけず繊細で家族思いな一面を見て、嘉寿哉は背筋を正した。

「お嬢さん、僕は……」

そこに天丼が運ばれてくる。

「まあっ、何て美味しそう！」

琴枝が薙刀《なぎなた》の代わりにすばやく箸を押《お》っ取る。親の心配よりも腹の虫をなだめるほうが優先である。

神妙な打ち明け話にまるで興味を示さなかった弐矢も、香ばしい匂いにフンフンと鼻を蠢《うごめ》かした。

「穴子が旨そうだな。俺のを半分持ってけよ、嘉寿……」

「琴枝の穴子を半分どうぞ、嘉寿哉様！」

「よせやい、嘉寿哉は俺のを半分食うんだ！」

「いいえっ。琴枝のを差し上げますわ！」

やいのやいのと二人で押し合うところから、ピラリと何かが舞い落ちた。

嘉寿哉の丼の蓋の上にのる。

「何でしょう、これは？」

電灯に照らすとチラシのようである。

本紫に染めた紙に狐色で文字が打たれている。

弐矢が「ああ」と言って教える。

「舞踏場で露台《ろだい》にいた女の袂から落ちたんだ。紙切れがヒラヒラしてるとつい追っかけちゃうんだよ」

琴枝がチラシをのぞき込む隙に、弐矢はホクホクの穴子を半分ちぎって嘉寿哉の丼にのせる。

嘉寿哉が箸を置いてチラシを読む。

「〝むらさき仮面舞踏会、開催のお知らせ。来る十月二十一日、当倶楽部に於《お》いてダンスと千里眼の夕べを開催いたします。お招きするのは選《え》りすぐりの会員ばかり。来賓がたも多数ご来臨。長々しき湯島の秋の夜を、情熱的リズムと霊術の神秘に身を委ねてお過ごしください〟……どうやらこれは招待状です、弐矢、お嬢さん」


嘉寿哉たち三人が池の端で天丼を食べ終わるころ。

「そろそろお暇《いとま》しなければなりませんわ。さ、参りましょう、鴨井さん」

「ええ、奥様。お誘いいただいて本当にありがとうございました」

湯島の『むらさき倶楽部』を二名の夫人があとにしている。坂を下ると物騒なので財閥邸のおもてに車を待たせてある。

「今度の舞踏会はどうなさいます？　お友達の伯爵夫人や病院長夫人もお見えになるから、ご一緒できたら嬉しいわ。主人はどうせ仕事ですもの。主義者やら学生やらを盛んに捕まえて懲らしめるのに忙しいんですわ」

どうなさる？　と訊かれて鴨井夫人が着物の袂を探っている。

「あら、どうしましょう。わたくし、せっかくの案内状を落としたかもしれません」

ちゃんとしまえばよかったものを、蓄音機が鳴りはじめたので慌てて袂に入れた。どこで落としたのかしらと残念がる。

「それなら鴨井さん、あとからお電話差し上げますわ。お日にちやら何やら、そのとき教えてあげる」

「助かりますわ、横山の奥様」

鴨井夫人が〝横山の奥様〟と呼ぶのはなかなかの美女だ。胸もとにビーズ刺繡《ししゅう》をあしらった真珠色のドレス姿で、米国女優が引っ掛けていそうなたっぷりとしたコートを羽織っている。有力政治家の娘なので、友人は男も女もたくさんある。

最近は鴨井夫人を連れてまわるのが気に入っている。

ダンス教室通いという外聞を憚《はばか》る遊びに興じているので、口の固い引き立て役が必要だ。たいそう大柄で、かつ色気の乏しい鴨井夫人はうってつけである。従えているとまるで護衛がついたようで、君子面《くんしづら》の夫に勝った気分になる。

「よろしくてよ。お買い物や美容室もまたご一緒しましょうね。今度は丸の内がいいわ」

新調したばかりのダンス靴に目立たないほどの傷があるのを見つけて、今夜はいささか機嫌が悪かった。けれど途中で〝紫夜先生〟の教授を受けた。魅惑の笑みで彼が囁いた。吐息は麝香《じゃこう》であった。

『警察署長の奥方なんだって？　この僕を捕まえるつもり？』

『まあ、まさか。先生のほうがわたくしを捕らえてくださいまし』

『ふぅん。じゃ、こうしてやる』

『あらっ……あぁ』

妖艶に舞う男装の麗人。

少年か、はたまた少女か。幼いのか、それともいっぱしの大人か。

前髪立ちの小姓の色香と、姫御前の匂やかさを併せ持つ。

抱かれて踊ればすっかり悪魔に魅入られたようになる。

見つめられると気が遠のいて、何でも言うことを聞きたくなる……。

「お送りするわ、鴨井さん。乗ってちょうだい」

舞踏の余韻に浸りつつ車に乗り込む夫人を、辻の奥から鋭く見つめるものがある。

電信柱の影に男が二人隠れている。

「見たか、大山。確かに署長夫人だったな」

「ええ、見ましたとも。斯波《しば》さん」

七

近く『むらさき倶楽部』において舞踏会が開かれるらしい。

情報を仕入れた嘉寿哉は、神保町の編集部で作戦を練ることにした。

昨晩、恩師の娘を無事に桜木町の家まで送り届けた。別れ際「くれぐれも無茶は謹んでください」と言い聞かせた。敵は似非《えせ》霊術家。巧みに社交界に近づくようだが、山師には荒っぽい手合いも多い。女性の身で大胆に探りを入れようものなら、相手が牙を剝かないとも限らない。

『ご心配はわかりますが、ご両親のためにもどうかこれ以上の探索はあきらめてください。代わりに僕が働きます』

『わかりました。嘉寿哉様がそうおっしゃるなら、琴枝、ちゃんとお言いつけを守ります』

母の花壇に誤って立ち入らぬよう抜き足差し足で、琴太郎ちゃんは家のなかに入っていった。

興奮してあまり眠れず、嘉寿哉は早起きして異香庵を出た。

門の手前で、震災で崩れた蔵に向かってちょっと頭を下げた。

西片町を発して省線のほうへ下っていく。サラリーマンの押しくら饅頭をチラとも見ずにすたすた歩む。

神田へ行く。早朝の街はだいぶ冷えている。

百目鬼ビルの入口を入りながら、ラッシュアワーに耐える俸給生活者と、実入りの少ない独立編集者と、不動産会社社長と、そこに勤める雇い人と、女学生と、ダンス教師と、おのおの比べると、どれが常態でどれが変態に当たるだろうかなどとつらつら考える。

編集部の机につくと原稿用紙を広げて銀縁眼鏡の曇りを拭く。

目を閉じれば湯島の秘密クラブがキラキラと蘇り、ついで恩師の語った二十年前の秩父の出来事がまざまざと空想される。

……自分にもしも千里眼の能力があったなら。

そうしたら御厨薔薇の欺瞞《ぎまん》をたやすく看破し、また、亡き生母の在りし日の姿に出会うことが可能だろうか。

「いけない。作戦を立てなくては」

センチメンタルに浸る場合ではないと、おのれを叱って万年筆を取り直す。

『むらさき倶楽部』が通常の舞踏教室ではなく霊術を宣伝するための秘密のアジトだとしたら事である。高額の入会費用を取って、財産や社会的地位のある生徒ばかりを募っている。もしも琴枝の話が事実であるなら、教室に集うなかには警察署署長の夫人までが含まれている。

さらに舞踏会の案内状に〝来賓がたも多数ご来臨〟とある。もしかすると政治家や華族なぞが招かれ、御厨の奇術にやすやすと騙されるかもしれない。そうなれば社会的大事件に発展する恐れもある。

千里眼がまたしても大々的に取り上げられ、面白おかしく流行し、人々の誤解や反感、思わぬ悲劇を招く事態ともなりかねない。

「断固として阻止しなくては」

嘉寿哉はきりりと口を引き結ぶ。

仮面舞踏会が催される二十一日は四日後。

師の鴨井は確か名古屋方面へ出張の予定である。もっとも夫人のことがあるから最初から助力を請うわけにいかない。

討ち入りの計画を立てつつ眼鏡をピカリと光らせて、

「『実録変態事件第三弾～霊術ダンスホール始末記～』。よし、連載の題名はこれでいこう」

万年筆を手に嘉寿哉が頭を悩ますころ、弐矢はいつもどおりに家事を終えている。

朝食はパンに炒《い》り卵だった。

帝大前にパン屋があって、そこで朝一番に買ってきた。炒り卵は西洋式で、料理本を嘉寿哉に読んでもらって作り方を覚えた。スカランバルだかスクロンブルだかいう呪文のような名で、卵のことを米国ではエグというのだと嘉寿哉が賢そうに言うのを惚《ほ》れ惚《ぼ》れ聞いた。

見よう見まねでカフェも淹《い》れた。

手拭いに粉をのせて湯を注いだら嘉寿哉は喜んだが、煎じ薬のように苦かった。

「さぁて、と。たまには目ん玉のところへ行くかな」

割烹着を脱いで気紛《きまぐ》れに思いつく。

百目鬼は相変わらずだが、このごろの犬神は以前のようにうるさくない。

そもそも白峰とのあいだに結ばれた〝契約〟の大半は、青峰《あおね》という犬神を捜し出すためのものだった。
一、弐矢は折原嘉寿哉に協力させて、白峰の兄である青峰の行方を探ること。
一、青峰の行方がわかるまで百目鬼事務所の従業員となること。

一、帝都の乱脈ぶりを正すため、白峰に従い働くこと。

兄の行方が判明するまで百目鬼事務所の従業員になれという約束だったが、青峰が死んだとわかったので弐矢はめでたくお払い箱となったのである。ちなみに解雇通告はまだである。契約の三番目に厄介な条項が並んでいたが、白峰は夏以降、人間世界への興味をさっぱり失ったようだった。

……とっとと山へ帰ればいいのにさぁ。

弐矢はしきりにそう思う。百目鬼を訪ねていくのも土地の売り買いを手伝おうというつもりでなく、目障りな犬神を三峰の山奥へ追い返そうという魂胆からだ。

弁慶縞を尻っ端折りでひょいひょいと駆けていく。

学生帽に詰め襟の帝大生とすれ違う。

黒猫で駆けたほうが速いが、うっかり疲れすぎると〝弁天四郎〟に戻れなくなりそうだからよしておく。

神田川を渡るところで、橋の向こうをウロウロと彷徨《さまよ》う同類《妖怪》に行き合った。

「何だ、河太郎か？」

十歳かそこらの童子が川水の匂いをプンプンさせるので気がついた。

そっぽを向いて通り過ぎようとすると、ギュッとこちらの帯をつかむ。

「兄ちゃん、猫だろ？」

つぶらな瞳でこちらを見上げ、愛くるしい顔でにっこり笑った。小さな手を見ると指のあいだに水かきがはみ出して見えている。

「ああ、猫さ。そっちは水の化け物だろ。猫は水が嫌いなんだ」

「そう言わないで仲よくしようよ」

「嫌だよ。濡《ぬ》れるから放せよ」

邪険に突き放すと、いきなり声を放って泣きだした。

「えーんえーん、兄ちゃんが苛《いじ》めるんだ。酷いや酷いやぁ」

哀れな泣き声にたちまち人が寄ってきた。幼い弟を兄が置き去りにするように見えたらしい。

野次馬が余計なことを言う。

「おい、兄さんがちゃんと弟の面倒を見なけりゃ駄目だ。よしよし、いい子だ、泣くな」

「兄弟二人きりかい？　母ちゃんのぶんまで優しくしてやりな。坊や、おじさんが飴玉をやろう」

兄弟にされたあげく、無理やり手を繋《つな》がれた。

人目がなくなったところで弐矢は猛然と振り払い、じっとり濡れた手のひらをベロベロ舐《な》める。隅田川から上がってきたとみえて工場排水の味がする。

「ペッ、ペッ。河野郎も狼野郎もうんざりだ！」

「意地悪しないでよ。また泣くよ？　おいら、行きたいところがあるんだ。神保町って村の百目鬼不動産って家なんだ」

何やら聞き覚えのある住所に、弐矢はピンと耳を立てた。どうやら行き先が同じらしい。

「へぇえ、ふーん、連れてってやらねえでもないけど、あとから礼をくれないとな」

恩を売り売り河童の手を引き、神保町まで連れていく。

貸間貸家土地売買仲介百目鬼事務所は神田古書街の近く。三階建ての一階からは、連子窓《れんじまど》を通して出汁《だし》のいい匂いが漂っている。店子《たなこ》の蕎麦《そば》屋である。

百目鬼事務所は二階だ。階段を上がると妖怪の匂いがする。ドアを開くと狼と目ん玉がそろっていた。

目ん玉百目鬼はいつもどおりの洒落た三つ揃い。犬神白峰は着流しに紺足袋雪駄《せった》で、百目鬼事務所の印半纏《しるしばんてん》を引っ掛けている。

「おや。河太郎じゃありませんか」

「河童か。待ちかねたぞ」

「何だよっ、猫又は歓迎しないつもりかよ！」

客を案内してやったあげく知らんぷりをされて、ことさら親切に迎えられたいわけでもないが、とりあえずむかっ腹を立てる弐矢である。

コール天のズボンにセーター、流行りのエプロン姿の河童がぴょこんと応接椅子に腰かけた。

「頼まれ事の返事を持ってきたよ。川を遡って、オオボラ、アカビラ、ヨコゼ、ナカツ、あっちこっちの沢やら瀬やらで話を集めたよ」

弐矢には何のことやらさっぱりわからない。そう言えば、以前どこかで白峰が干からびかけの河童を助けていたっけと、ぼんやり思い出す。

百目鬼がいそいそと茶を淹れて出すと、愛らしいエプロン姿の童子がぬらりと顔だけ納戸色の本性をあらわした。

「ひゃあ、気味悪《わり》ぃ！」

慌てて飛び退く弐矢をよそに、白峰がむっつり無表情で問い質す。

「調査結果を聞こう」

どうやら白峰は河童に何事か調べさせたようだと弐矢は感づく。

納戸色の嘴《くちばし》で番茶をすすりすすり河童が報告した。

「あんたの探してる兄さんは鉄砲にやられたんだよ。猪《いのしし》を狙う弾がドーンと当たって半死半生《はんしはんしょう》になっちゃった。人の男になって倒れてたところを、通りかかった人の女に救われた。山へは帰らず、女と一緒に大宮の里に下りてったよ」

聞いて白峰が兄ぃの顔をギュウウとしかめた。いまにも犬神の本性をあらわしそうな恐ろしい顔つきだ。

「鉄砲に撃たれただと？　青峰がか？」

「意外ですねぇ。いひ」

調査報告は白峰の兄についてのようだ。

すでに生きていないと判明したものについて執念深く調べる理由が、弐矢にはわからない。

「何だよ、死んだんだから早く帰れよ」

口に出すと白峰の拳が飛んできた。

ガツンと打たれて「ギャッ」と痛い目に遭わされる。

「何しやがんだっ、狼！」

「黙れ、猫。つづきを話せ、河童」

「うん、おいら話すからゲンコは勘弁してくれよ。痛くしたら話をすっかり忘れちゃうよ。人里にいたあいだのことは、おいらたちにはわからないや。里へ下りて一年して、あんたの兄さんは下野《しもつけ》へ行った。女はついていかなかった。渡良瀬川の仲間が言うことにゃ、犬神の姿を見たのはあんたの兄さんが久しぶりだったたって」

か」

「つまり青峰は下野で、おとなしく人のフリで金だか銀だかを掘っていたということ
「あそこで採れるのは銅ですよ、白峰の旦那」

「どうでもいい」

「あら、お上手……」

ついつい茶化した百目鬼は、白峰が拳を握るのを見て慌てて退避する。

納戸色の化け物から人の子どもに返って、河童が報告を締め括った。

「下野から秩父へ駆けた兄さん犬神は、そっから今度は帝都を指したみたいだよ。武甲《ぶこう》の裾を駆け過ぎて、山んなかを東へ東へ駆けてくのを名栗《なぐり》やら入間《いるま》やらの仲間が見てる。多摩川《たまがわ》の仲間が〃最後は人になって八王子《はちおうじ》から汽車に乗ったようだ〃ってさ」

人の姿で汽車に乗って帝都へ。

おそらくは帝都本郷区、西片町の折原嘉寿哉のもとへ。

聞き終えた白峰が「むぅ」と黙り込んだ。

河童は番茶の残りをひょいと持ち上げ、坊ちゃん刈りの頭の上へバシャッと注ぐ。平たいお皿があらわれて茶に濡れる。

「それじゃ、おいら水へ戻るから」

応接椅子から飛んで降り「さいなら」と愛らしく手を振って出ていった。

見るからに不機嫌そうな白峰の心づもりがまるでわからず、弐矢はカリカリする。

「銀だの銅だの下野だの、いったい何のことだよ。目ん玉」

百目鬼を小突くが「いひひ」と嗤って教えてくれない。

「一緒に狼野郎を追い払おうぜ。早くせいせいしたいだろ?」

白峰と別れたいのは百目鬼も同じはず。質に取られた目玉を取り返して自由になりたいに違いない。

コソコソ耳打ちすると目ん玉社長がうなずいて、

「急《せ》かさなくても、じきに秩父へお帰りになるはずですよ。もう一人の兄さんが来てるんです。早くまぐわいたくて仕方ないようです」

振り向く白峰が〝余計なことを言うな〟と群青の眼でひやりと脅してよこした。

ひゃあ、と恐れて百目鬼は茶碗を片づけにいく。

長居は無用と、弐矢も百目鬼事務所から飛んで出た。

そこにトントンと階段を上がってくる客がある。

年のころ十三、四の少年である。

紅い頰をつやつや輝かせてこちらを見上げ、

「あ、猫だ」

ニッコリ笑顔を向けられたとたん、弐矢は「シャアッ」と威嚇した。

「さては兄貴だな！」

いま聞いたばかりの〝もう一人の兄さん〟に違いない。瞳孔を針にして透かし見る本性は、白峰よりも一尺ばかりでかそうな犬神だ。

背を丸くして弐矢は階段を飛び上がる。フウウと唸って警戒するが、相手はてんでこちらに興味がなさそうだ。

「白峰、いるかい？」

行儀よくノックをして百目鬼事務所に入っていく。

弐矢はホッとして階段を上がり『変態世界』編集部を訪れる。

ドアを開けると正面に愛しい嘉寿哉がいる。

「弐矢、いいところに来てくれました。作戦会議を開きましょう」

八

本郷本富士《もとふじ》警察署。

強面の斯波刑事と若手の大山刑事が、ともに安煙草をふかしつつ話し込んでいる。

昨夜は二人で湯島へ偵察に出た。目的は署長夫人の素行調査だった。

かねてから夫人は夫に内緒でダンス教師に夢中になっているようだと醜聞が囁かれていた。折しも帝都の風紀を乱すダンスホールに対し、とりわけ監視の目が厳しくなっていることから、秘《ひそ》かに夫人を偵察せよとの命令が下り、斯波が「我こそは」と志願したのだった。

署長宅から夫人を乗せた車が出るのを数度尾行して、昨夜ついに秘密のダンスクラブを探り当てた。米国女優のように着飾った署長夫人が、連れの大女とともに意気揚々と入っていった。

そのクラブに若手の大山は心当たりがあった。

「これです、斯波さん。広告に怪しげなのがあったんで取っておいたんです」

大山が取り出す新聞の広告欄に舞踏場の宣伝が載っていた。

〝霊妙華麗の術で新境地を開く御厨大先生降臨！　神秘的舞踏場にて紳士淑女を待つ！

奇しき千里眼、麗しき舞踏教師、懇切丁寧なる秘術の指導〟

「うぬ！　千里眼に舞踏教師とは風紀紊乱《びんらん》も甚だしい！」

「ええ。霊術もダンスもどちらも監視対象ですから、そんなところに署長夫人が通い詰めたんじゃあ警察署の看板が台無しです」

住所は湯島で、確かに昨晩の場所である。

「『むらさき倶楽部』だな。必ず壊滅させてやるぞ」

猪首《いくび》に筋を立てて斯波は「けしからん」と憤る。

大山が言う。

「しかし、斯波さん。さすがに署長夫人に手錠をかけるわけにはいかないでしょう？　敵が霊術家だとすると少々厄介ですよ。催眠術なぞで夫人をいいように騙しているかもしれません」

以前に催眠術の処罰令が出たときは、その方面の学者に協力を仰いだという話も聞く。上役の主任に指示を仰いでから動きましょうと後輩に言われて、斯波は腕組みになる。

……できれば点数を稼ぎたい。

今回の件に志願したのは特別に手柄を立てたいからだ。

今年のはじめ。斯波はマルクスかぶれの学生を追ううちに、うっかりカフェの女給に入れ揚げて上の空となり、果ては記憶をなくすほど衰弱して職務を怠けた。そもそも浅草で腕利きだったのを見込まれ、本富士署に異動してきたのである。何としても落ち度を帳消しにするほどの成果を上げて、同僚たちをアッと言わせねばならぬ。署長夫人を悪の手から救い出すという、この度の任務はうってつけだ。

「何か手はないものか」

神田川沿いのカフェで妖しくも美しい〝姫〟という女給に血迷ったことを思い出し、ギリギリと歯軋《はぎし》りするところで、

「おおっ、いいのを知ってるぞ！」

斯波は、はた、と思い出した。

「あのとき助けてくれた……そうだ、心理学の研究をしていると言っていた。おい大山、貴様も会っただろう。御茶ノ水《おちゃのみず》のカフェで女給どもに殴られた青年学者だ」

「御茶ノ水のカフェといったら、あの薄気味悪い事件ですか？　ええ、覚えてます。負傷被害に遭ったのは若い心理学者でしたっけ」

「見てくれこそ軟弱だが、なかなかハキハキして優秀そうだった。住まいは西片だ」

「近所ですね。好都合です」

協力を仰げないものか訊ねてみましょうと、大山も乗り気になる。

猪首を傾《かし》げて斯波は思い出す。

「名前が……確か、折原……折原嘉寿哉だ」


斯波刑事と大山刑事が捜査について打ち合わせ、神保町では嘉寿哉が弐矢を相手に作戦会議を開くころ。

湯島の『むらさき倶楽部』においても、来るべき大事について密議を開くものがある。

吊り目の女支配人が狐色の着物で背筋を伸ばしている。ダンス教室は休みである。

羽織袴のダビデが向かいに座る。ちょっと見合いの席のようである。

支配人鬱金が先手を打って「ほほ」と笑う。

「御厨先生のおかげで当倶楽部はたいそう流行っております。先月だけで以前の倍も入会希望者が集まりました。さすがは神秘華霊術のお力です」

礼を言われて御厨薔薇が偉そうに胸を張る。

「いやいや紫夜くんの魅力もなかなかです。男女ともに生徒が夢中になるのもわかります。新進の舞踏場と我が霊術とで手を組むという奇策が見事に当たったわけです」

見事な千里眼です、などとそらぞらしく褒めるが、本物の超常能力者が存在するとはつゆほども考えていない。

おのれのみが〝選ばれしもの〟だと信じて疑わないのが、美貌の山師にとって一種の取り柄である。妖狐鬱金が「使えそうだ」と見込んだのも、そこのところである。

現在華々しく〝神秘華霊会導師〟を名乗る御厨薔薇は、とある雪深い地方の寒村の出だ。本名を八郎《はちろう》といい、赤ん坊のころから目立って美しかった。

八郎だというのに、上の兄が一郎《いちろう》と二郎《じろう》だけだった。不思議に思って、あるとき近所の老婆に訊ねると、三郎から七郎までは間引きされたのだと陰気な声で教えてくれた。

八歳で家を飛び出し、物乞いをしながら転々としたすえに、神憑《かみがか》りを行う女に拾われた。奇術まがいのやり口と器用な話術を教え込まれて、七、八年もすると師よりよほど人気の術者となった。

当時軍人たちに信奉されていた宗教団体に憧れ「自分もああした団体を作って崇められたい」と野望を抱き、霊術を学んで帝都に出た。労せずして数十人の女性信者を集めたし、講習料や手引き書の売り上げもそれなりに得た。しかし満足しなかった。強大な自信を裏返してみると、心の奥に、誰にも貶《おとし》められない高みに昇らぬでは不意にポイと葬られそうだという、消すに消されぬ不安の凝りが隠れている。

鬱金がにんまり吊り目を笑わせる。

「生徒もたくさん集い、やんごとないご身分の贔屓筋《ひいきすじ》もできて、今度の仮面舞踏会がいよいよ勝負どころです」

　水晶の数珠を爪繰りながら御厨がうなずく。シャンデリアの灯りに数珠がキラキラ輝いている。

「足繁《しげ》くお通いの警察署長夫人がお連れになるのは、かの伯爵家の奥方です。奥方の従姉妹《いとこ》は宮中に仕えておいでです」

「紫夜先生に夢中の陸軍大尉は、伯父様が大臣の右腕で、お兄様は海軍省にお勤めだそうですわ。ああ見えて宮家にもご縁のあるかたで、乗馬仲間はいと貴き御方のご学友とか」

「来月にはご即位の大礼です。人は浮かれると心に隙が生まれるものです」

「ほほ。まあ、大変」

　雲上人《うんじょうびと》へのつてを求めて暗躍するつもりである。

　鬱金がすいと席を立った。

「紫夜先生のお髪《ぐし》をととのえて差し上げる時間ですので、また明日」

　すたすたとダンスホールを渡って奥へ行く。

　館の奥には妖狐が群れて棲んでいる。

　鬱金は群れをまとめる大狐である。女所帯で人に紛れて暮らし、人の男を誑《たぶら》かしては妖狐を産んで群れを保ってきた。

「姫様《ひいさま》、ごめんあそばせ」

洋間だというのに扉のまえで膝を折り、三つ指ついてお辞儀をする。

金ノブを捻《ひね》ってなかへ入ると室内はもぬけの殻だ。窓が開いて夜風が吹き込んでいる。

「姫様、どちら?」

金唐紙《きんからかみ》の壁に綴織《つづれおり》の絨毯《じゅうたん》。大小様々な鏡がそこらじゅうに飾られている。

天蓋付きのベッドに燕尾服が脱がれている。

酷い有様で散らかって、まるでそこに大燕が墜落したようである。

鬱金は開かれた窓から庭へ出る。狭いバルコニーになっている。

「姫様? もしや祠《ほこら》にお詣《まい》りに?」

着物の裾をからげて、器用に罠《わな》を避ける獣のようにピョンと手すりを飛び越えた。

椿の陰に小さな稲荷《いなり》が祀られている。灯明に炙《あぶ》られる祠に、しどけなく白蠟色《はくろういろ》の腕を伸ばして紫夜がしなだれていた。

「鬱金……僕は誰?」

黒燕尾を脱いで緋色《ひいろ》の襦袢《じゅばん》をまとっている。

ヒリリと目を射る血の色だ。知らぬ間に噴き出す痴情の赤だ。

「いけません、紫夜姫様。秋風がお体を冷やします」

祠にもたれる紫夜を鬱金が助け起こす。

黒絹の髪を緋色の肩に乱して紫夜が嫌々をする。

癇癪《かんしゃく》の強い姫君のような紫夜だが、このごろは激したあとで憂鬱に沈むことがしばしばだ。物思いに耽《ふけ》って、ついに寝床から起き出さぬ日さえある。なだめすかすのに鬱金も眷属らも苦労する。

「紫夜様は、我ら妖狐にとりましての……」

「稀なる美玉で変成男子《へんじょうなんし》だろう？」

「じきに九重のうちにおすすみになって……」

「そこにいる貴い誰かを誑かして日本国を思いどおりにするんだ」

「さようでございます。いにしえの……」

「玉藻前《たまものまえ》か、唐国《からくに》の妲己《だっき》！　褒姒《ほうじ》！　人間どもを操って妖狐の国を作る。でも、つまらない！　ちっとも、少しも、全然、面白くない！」

緋色の裾を白い膝が割り、ガツ、と紫夜が稲荷の祠を蹴りつけた。

「あれ、姫様」

何をなさいますと鬱金が諫《いさ》めるあいだに、石台から祠が転がり落ちる。ポォンと弾かれた灯明が湿った地面でちろちろ燃える。

ぱっと繻袢を翻して紫夜が立ち、駆けだした。

「どちらへ行かれます？　紫夜様」

「ともだちを探しにいく。九重なんかへ行かずに彼を抱く！」

あっと驚いて鬱金は追いかける。

「なりません、お戻りください」

「好きにしたい。自由がいい！　言いなりは嫌だ。九重も嫌！　男も女も変成男子も、日本国も唐国もどうでもいいっ」

「黄蘗《きはだ》、柑子《こうじ》！　姫様を連れ戻せっ」

紅襦袢の紫夜が闇のなかを逃走する。

ぱっくり割れた椿の実が黒々とした種を吐いている。

鬱金の配下が追跡する。獲物を追って捕らえるのは狐の得意である。

黄蘗と柑子が本性をあらわし、するするっと椿のあいだを縫って行く手を阻んだ。

「どけっ、黄蘗」

「あら、姫様、駄目ですわ」

「放せ放せっ！」

「きゃあ、痛い。紫夜様、行かないでぇ」

妖狐が寄ってたかって〝紫夜先生〟を引き留める。組んずほぐれつ踊り乱れて、夜の地べたに押さえ込む。

揉《も》み合うあいだに襦袢を剝がされ裸身があらわとなっている。

赤らむ目尻が涙に濡れる。

食い縛ったくちびるに、じわ、と血が滲む。

真白い体がよじれて喘ぐ。

少年とは言い切れぬし、かといって娘にもなりきらぬ。桜姫《さくらひめ》に転生しかかる白菊丸《しらぎくまる》の妖しさだ。

苦悶しながら椿の根元を引っつかむ。

身悶える紫夜の尻からふさりと狐の尾が生える。

黄檗と柑子が人語で囃《はや》す。

「まあ、姫様ったらはしたない」

「卑猥《ひわい》ですわ。そんなところが好きですわ」

かくりよ音頭

一

御厨《みくりや》薔薇《そうび》との再対決に備え、嘉寿哉《かずや》は入念に準備する。

「聞いてください、弐矢《にや》。仮面舞踏会の途中で御厨が霊術講義を開始した場合、僕は客が彼の話術に取り込まれる前に、割って入って反論しなければいけません。講義と称して巧みに催眠術を用いる可能性があるからです。そこで君には、僕の反論を阻止しようとする御厨の手下どもを押しとどめてほしいんです。お願いできますか？」

嘉寿哉のそばに寝そべり、弐矢は浮かない返事をする。

「えー、また行くのかよ。やめようよ」

「そういうわけにはいきません。義を見てせざるは勇なきなりです」

湯島の『むらさき倶楽部《くらぶ》』は間違いなく妖狐《ようこ》の巣だ。プンプンと女狐《めぎつね》どもの匂いがした。弐矢は自分が近づくのも嫌だし、嘉寿哉を近づけたくもない。

しかしあいにく嘉寿哉の決意は固い。

「君の助力が得られないとしても僕は行きます。今度は何としてでも成し遂げなければいけません。これからちょっと百目鬼《どうめき》社長に会って、白峰《しらね》さんをお借りできないものか相談を……」

「よせよ！　狼《おおかみ》野郎に頼るなよ！」

パッと跳ね起きて猛反対する。

犬神と親しむのは、狐《きつね》に近寄るのと同じくらい我慢がならない。

「そんなに行きたいなら仕方ないよ。俺がついてってやる」

とりあえず引き受けて、あとから邪魔してやろうと企んだ。

「それより腹が減ったろ？　昼は秋刀魚《さんま》を焼くよ。竹輪《たくら》の煮染《にし》めもつくよ」

「ありがとう、弐矢。もう少し仕事しますから、お昼はだいぶあとでも構いません」

嬉《うれ》しそうに微笑《ほほえ》むのを見て、弐矢はデレデレと脂下《やにさ》がる。舞踏会当日の飯に下剤を混ぜるのはどうだろうと考え、それでも嘉寿哉は青い顔で討ち入りそうだと却下する。

……どうしてやめさせりゃいいかなぁ。

悩むととたんに眠くなる。ほっぺたから髭《ひげ》がぴょこんと出る。

「いけねぇ」

嘉寿哉に見つかったら大変だと、書斎を離れて縁側に出た。

人目がないのを確かめゴロンと転がる。弁天四郎からちっぽけな黒猫に変身する。

「ニャアァァア」

あくび混じりに鳴いて丸まった。

うとうとしていると青鷺火《あおさぎび》がバサリと降りてきた。

「またぞろ家主のお供でお出かけですかい？」

一途《いちず》だねぇ、と陰気に嗤《わら》う。

「そう無茶ばかりしてなさると、いよいよ妖気が尽きますよ」

寝ながら弐矢はぼやく。

「嘉寿哉にありがたがられて死ぬんならいいかなぁ」

「馬鹿をお言いなせぇ。人間どもは恨みは長《なげ》ぇこと忘れませんが、感謝のほうはさっさと屑入《くずい》れに放り込んで忘れちまう。人間相手の心中立てなんぞつまらねぇ。しょせん化け物には似合いやせん」

「忘れられたら嫌だなぁ……チカにも、嘉寿哉にも」

硝子《ガラス》障子を開ける音がして、青鷺火がふわりと椎《しい》の横枝へ去っていく。

そこにちょうど来客の気配がする。

「ごめんください。折原先生はご在宅ですか？」

野太い声だ。どこかで聞いた。

ピク、と耳だけ動かすと嘉寿哉の足音がした。

「気持ちよさそうに寝ていますね、猫くん。うちの弐矢を見かけませんでしたか？　こんなところに着物を脱ぎ散らかして、どこへ行ったんでしょう」

「ニャア」

〝俺が弐矢さ〟の意味である。

嘉寿哉は玄関へ下りていき、やがて客を招いて戻ってきた。

猪首《いくび》で怒り肩の男だ。弐矢は見覚えがある。

のろのろと黒猫のまま起き上がり、弁慶縞《べんけいじま》をくわえて行って、台所で弁天四郎に変身した。

兵児帯《へこおび》を結わえながら湯を沸かし、茶を淹《い》れて持っていくと、猪首が嘉寿哉に頼み込んでいる。

「やっぱりその方面が専門でしたか。これは都合がいい、いや、実にありがたい！　目下内偵中の舞踏場が、千里眼などと言って妖しげな看板を掲げているので、ぜひ捜査に協力願いたい」

えっ、と嘉寿哉が目を瞠《みは》る。

「舞踏場、千里眼……もしや斯波《しば》刑事、それは『むらさき倶楽部』という場所ではありませんか？」

「お、すでに知っていましたか」

「はい。三日後に催される仮面舞踏会をご存じですか？　僕は、倶楽部に関わる御厨薔薇という霊術家と対決するため、その舞踏会に乗り込むつもりでいます」

勇ましい決心に、斯波刑事は猪首をうなずかせる。

「それは感心です。しかし、民間人の身であまり無茶をしては神保町のときのように怪《け》我《が》をしかねない。ここはひとつ共同戦線を張りましょう」

二人で顔を寄せ合い、何やらひそひそと話し込む。

弐矢は茶盆を手にキリキリする。妖怪だろうが人間だろうが、嘉寿哉に近づくものは総じて敵である。

「茶だよっ。顔を引っつけるなよっ」

「ああ、弐矢、いましたか。お茶をありがとう。こちらは本富士警察署の斯波刑事です。君もお会いしたことがあるでしょう。あれは二月でしたか」

斯波は妖狐に誑《たぶら》かされたあげく異香庵の天井裏から落ちてきたことがある。

さすがにばつが悪いと見えて「エヘン、オホン」と咳《せき》でごまかし、斯波が猪首を捻《ひね》って、突っ立っている弐矢を見る。

「下男を雇っていますか？」

嘉寿哉にそう確かめたあと、もう一度振り返って鋭く弐矢を見つめると、

「ええ、オホン。それでは折原先生、共同戦線の件をどうかよろしく」

二

舞踏会の前に浅草へ行くことにした。

いつもの弁慶縞でなく、お下がりで嘉寿哉にもらった洋服を着ていくことにした。誰かに会うのに洒落込《しゃれこ》もうなどと考えたことがなかったので、鏡をのぞいておかしな気分になった。

嘉寿哉が珍しく世話を焼いてくれた。

「髪を撫《な》でつけてはどうでしょう？　先日、湯島へ行ったときはずいぶん大人っぽく見えました」

「大人っぽいってのは、いいことか？」

「そうです。頼りがいのある日本男児という意味合いです」

「へへ、犬神野郎とどっちが上だよ？」

「白峰さんには白峰さんの、君には君のよさがあります」

「ちぇっ」

舌打ちすると嘉寿哉が朗らかに笑うのでちっとも腹が立たない。むしろ甘酸っぱいようなくすぐったいような、いい気分だ。

鏡に弁天四郎の自分と、チカそっくりな嘉寿哉が並んで映っている。

少女人形のような嘉寿哉と厳《いか》つい刑事が接近していたのが悔しくて、自分もぴたりと引っついてやる。

「なあ、嘉寿哉。厨《くりや》だか倶楽部《くらぶ》だかが終わったら二人でのんびりしよう」

「そうですね。もう少し寒くなったら温泉へでも出かけますか？」

「湯でも水でも浸《つ》かるのはあんまり好きじゃないなぁ。けど嘉寿哉と一緒ならいいかなぁ」

クリーム色のセーターに格子縞のズボン。鳥打ち帽は異香庵へ来るときに被《かぶ》ってきたものだ。

「それじゃ行ってくるよ」

「於六《おろく》さんたちによろしく伝えてください」

「土産《みやげ》を買って帰るよ」

「期待しています。気をつけて」

嘉寿哉の〝期待しています〟に、おでこをぐりぐり撫でられた心地になって、跳ねる足どりで電車道に出た。

百目鬼事務所で稼いだ金で市電に乗る。

鉄の塊がブンブン行くので嫌な世の中になったと思っていたが、乗ってみると楽チンで悪くない。歩く連中をぐんぐん追い越し、何だか偉くなったようである。

久しぶりに来てみると相変わらず浅草は混んでいる。

お詣《まい》りも多いが、遊ぶだけの客がもっとある。

江戸前天丼の甘辛いつゆに鼻をくすぐられる。香ばしい胡麻《ごま》油がぷぅんと香る。カラコロと下駄《げた》で行く音があちこちから。土産物屋、露天の物売りの口上がうるさいのも懐かしい。

『のぞいていきなよ、お兄さん。たったの五銭で面白いものが見られるよ』

六区《ろっく》のネオンも仲見世《なかみせ》の電灯も届かない場末のほうで、自分も見世物小屋の呼び込みをやっていた。

褞袍《どてら》なぞ羽織って、チカの見た目で。

運よく客が入ると「えいやっ」と化けてみせて日銭を稼いでいた。

そう言えば江戸のころに比べると同類を見かけることが少なくなった。

襤褸《ぼろ》屋をのぞけば虫螻《むしけら》がうようよしてはいるが、ひょいとのぞき込む長屋のご隠居だったり、大店《おおだな》の丁稚《でっち》だったり、横町の後家さんが妖怪であったりした時分からすると、ずいぶん減ったように弐矢には思われる。

……暮らしにくいもんなぁ。

人が喰《く》いにくくなった、と於六が不平を垂れていたことを思い出した。

浅草公園の隅を目指していく。

昼の明るさのなかで青花潜《あおはなむぐり》色のペンキがだいぶ安っぽく見えた。

板囲いと莚《むしろ》の化け物屋敷のすぐそばで、於六が煙草《たばこ》をふかしていた。

「あらぁ、弐矢ちゃん！」

こっちに気づくとモダン柄の銘仙《めいせん》の裾を蹴立てて駆け寄った。

「やあ、於六。目の字もいるかい？」

「いるに決まってるわよ。他に行くとこなんてないわよ。ねえ、ちょっと、目の字ぃ」

「ううん、何だい？　まだ眠いんだ……あれ、弐矢？　何日か前に会ったばかりなのに」

糸のように細い目をこすりこすり目の字も小屋から這《は》い出した。

弐矢はばつが悪くて「へへ」と笑う。

「会いたくないのかよ。だったら帰るからいいよ」

「半年も無沙汰をしといてよく言うよ」

「そうよ、弐矢ちゃん！　あんた薄情よ。うまいこと美人の先生の飼い猫になったからって、以前の仲間につれなくするのはなしよ」

着物の袖ではたかれ、弐矢は「怒るなよぉ」と口を尖《とが》らせる。

「顔が見たくて来たんだよ」

半分は本当のことである。

たやすくほだされる於六がウキウキと思いつく。

「そうだわ、目の字。向こうの屋台でお団子の安売りしてたから、三人で食べない？」

「いいよ。昨夜はだいぶ稼いだし。買ってきてくれるかい」

まかせて、と生白い首を一寸ばかり伸ばして轆轤首《ろくろくび》が駆けていく。

見送る目の字がちょっと声を低くして訊《き》いた。

「弐矢、何かあったかい？」

頼みごとかい？　と見破られて、さすがは見通しの利く目ん玉妖怪だと弐矢は肩をすくめた。

ベンチにぽんと腰かける。

シャツに股引《ももひき》に綿入れを羽織った格好の目の字がとなりに来る。

「嘉寿哉がさぁ、妖狐どもの巣に殴り込みをかけるって言うんだよ」

「妖狐っ？」

目の字がベンチから飛び上がった。同じ目ん玉妖怪でも百目鬼のように目玉をこぼすことはない。

「何だって人間が妖狐なんかに関わるんだい？　正気の沙汰とは思えない」

ブルブルっと体を震わせる目の字に「そうだよなぁ」と弐矢は言う。

浅草を訪れたのは、馴染《なじ》みの仲間に加勢を頼めないものかと期待したからだ。どれほどとめようと邪魔しようと、嘉寿哉は舞踏会へ行く。妖狐の巣とは知らないで、霊術家を懲らしめに乗り込むつもりだ。

そんな嘉寿哉を弐矢は助けずにはおれない。けれど妖気が足りない。ただでさえ人の姿でいるのが億劫《おっくう》なのだ。以前なら人間を喰って力を得たが、肉も肝ももう飲み込めそうにない。近ごろでは虫螻でさえ旨《うま》そうだと思わない。

こんなことでは嘉寿哉にくっついていったところで役に立つかどうかわからない。……犬神野郎に頼むのは駄目だ。やつが嘉寿哉に喰いつきそうだ。獰猛《どうもう》な獣妖怪でないところを見込んで、昔馴染みの一ツ目小僧と轆轤首に何とか力を借りられないかとやって来た。

ちゃっかり言うことを聞かせることはあっても、真面目《まじめ》にものを頼んだことなぞない弐矢である。下手に出てお願いするのは大の苦手である。

ベンチの隅を指でほじくりながら仄《ほの》めかす。

目の字は愛用の〝化け物双六《すごろく》〟を引っ張り出して開いている。少年雑誌の付録にちまちまと書きつけて作る手製の妖怪図鑑だ。あたりに人目がないのを確かめると、ギョロンと本性の一ツ目を剝《む》いて〝妖狐《やうこ》〟のところを確かめる。

弐矢は何気ないふうを装って、

「敵が妖狐じゃ、あんまり厄介だろ？　ついていこうとか助けてやろうなんて、これっぽっちも考えやしない。だけど嘉寿哉が〝頼りにしています〟とか〝頼りがいがある〟なんて言うんだよ。どうすりゃいいかな、目の字」

「決まってるさ。知らんぷりだよ。以前、妖狐に酷《ひど》い目に遭わされたと言ってたじゃないか」

「そうだっけ？　ああ、そうだった。でもさぁ、嘉寿哉が……」

「手伝わないよ」

きっぱり断られて「ちぇっ」と聞こえないように舌打ちした。

「於六にはいちおう俺から訊いてみるよ。殴り込みっていうのはいつだい？　この話はいったん置いといて、気持ちよく団子を食おう。於六があんなに喜んでるから厄介な話はなしだ」

口どめされて仕方なく舞踏会の日付だけ告げた。

「訊いてみてくれよ。頼むよ」

於六がきな粉たっぷりの団子を買ってきて、ベンチで三匹並んで頰張った。

於六があんまり「幸せねぇ」と繰り返すので、弐矢も何とはなしに幸せな気分を味わった。香ばしいきな粉の味がした。

懐かしい見世物小屋をちょっとのぞいて二人と別れた。

帰り道には綿飴《わたあめ》の甘い匂いがふうわり漂った。

「そうだ。土産を買わなけりゃ」

嘉寿哉に土産を持ち帰ると約束したのだった。

期待しています、と嬉しそうに言われたからには、希望に添うものを手に入れねばならない。嘉寿哉の希望とはいったい何だろうかと、ひとしきり頭を悩ませた。

道には露天やら屋台やら店やらが数多《あまた》ひしめいている。

エプロン姿の子どもが親の手を振り払って、射的《しやてき》に夢中になっている。

ビー玉がある。おはじきがある。

香具師《やし》が呼び声を張り上げ、客がつられて立ちどまる。

弐矢は隅のほうの露天に目をつけた。陽当《ひあ》たりの悪いところで煙草を並べて売っている。嘉寿哉が吸うのを見たことはないが、煙草は紳士の嗜《たしな》みだと誰かが言うのを耳にした。

薄紅色のくちびるで嘉寿哉がくわえて、細い指で、す、と挟んだらどんなに素敵だろう。自分はゴロンと近くに寝転んで、煙がぷかぷか浮く様をうっとり見上げたい。

ふう、と嘉寿哉が旨そうに吐息する。

銀縁眼鏡を押し上げ、ちょっと煙たそうにする。

「ニャアン」

堪《たま》らなくなって弁天四郎のままでつい鳴いた。

並ぶ煙草のなかで一番端のやつがピカリと目につく。

誘われて弐矢は寄っていく。ふいに動くものや、つやつや光るものに弱い。欲しくて我慢できなくなる。

……あれを土産にしよう。

盗むのは得意だ。忍び寄ってサッとくわえる要領だ。

店番の爺《じじい》がよそ見をした隙にパッとすばやくかすめ取った。

ズボンのポケットに隠し、素知らぬふりで店から遠ざかる。雑踏のなかに入ったところで「しめしめ」と戦利品を取り出した。

嘉寿哉がさぞかし喜ぶだろう。

『ありがとう、弐矢。やっぱり君は頼りになります。犬神よりも百々目鬼《どどめき》よりも断然、気が利きます』

と、そこへ、

「待て！」

雷のような声が降ってきた。

驚いて煙草を隠して振り返ると厳つい顔がある。

猪首に怒り肩。まるで鬼瓦のような形相だ。

嘉寿哉を訪ねていた、あの刑事だ。

「貴様、いまポケットに隠したものを出せ」

低い声音で迫ってよこす。

もとは浅草署で不良青年をしょっ引いていた斯波刑事に詰め寄られ、弐矢はじりっと後退《あとずさ》る。

「何だよ。因縁つけようって言うのかよ」

「俺の目はごまかせん。貴様が誰だかわかっているぞ。この界隈《かいわい》を根城に悪さばかり働く性悪の弁天四郎。窃盗の現行犯で逮捕する！」

大事な土産がポケットからこぼれ出る。

四方八方から人間に睨《にら》まれ、逃《のが》れようにも手立てがない。

三

神田神保町。

犬神白峰はいよいよ帰郷の意志を固めている。

先日、兄の朱峰《あかね》が百目鬼事務所を訪れて念押しをしていった。

『いずれにせよ白峰、雪が落ちてくる前には帰るんだ。群れを保つためにも冬のあいだに身籠《みご》もらないと。人間の句にも〝狼の声そろふなり雪のくれ〟ってあるだろう？　僕は先に戻って待ってるよ』

いずれにせよ、と兄が言ったのは、折原嘉寿哉について思うところを打ち明けたからだ。

『どうやら青峰《あおね》と人の女とのあいだにできた子のようだ』

居合わせた百目鬼が仰天のあまり両目とも床に落っことした。

朱峰が紅《あか》いほっぺたを不服そうにふくらませた。

『青峰が人間と？　そんな馬鹿なことがあるもんか』

『正気を失ったとしか俺も思えん。しかし河童《かっぱ》どもがよこした青峰の消息と、折原嘉寿哉の発する不思議な匂いを考え合わせると、どうもそういう気がしてならない』

鉄砲に撃たれた青峰は人間の女に救われて人里へ下り、その後一時は下野《しもつけ》足尾の銅山にいたというが、いったん秩父へ戻ったのちに帝都へ出て、以後は折原嘉寿哉のそばで暮らしている。

夏に折原の自宅へ行き、厠《かわや》を借りるふりをして下男部屋の残り香を確かめた。だいぶ薄れて、虫螻や猫又《ねこまた》の臭みに紛れてもいたが、確かに兄の匂いがした。

不満顔で朱峰が言った。

『〝折原嘉寿哉は匂う〟と言ったね、白峰。気絶すると匂うんだっけ？　青峰の匂いなの？』

『犬神の匂いじゃないが人間の匂いとも違う。とにかくいい匂いだ。妖怪は皆あれが好きだろう。実際、猫又がデレデレと鼻の下を伸ばしている』

『犬神と人の混ぜっこじゃ当たり前に生きられやしない』

『だから気になっている。青峰の血を引くものを、人間どものなかに置き去りにしていいものか』

人の男と寝ても産むのが狐ばかりの妖狐とは違う。犬神が人と交わって生まれるのは犬神ではない。しかし犬神は結束が固い。もしも青峰の血を引く子ならば、彼を眷属《けんぞく》のうちに数えるべきではないか。

折原嘉寿哉は帝都にあって、どこか所在なげな風情に見える。

そう言うと朱峰が「フン」と鼻で笑った。

『人の腹から生まれて人の形をしているものは眷属じゃない。ほだされちゃ駄目だ、白峰。犬神の血を人間どもにくれてやるなんて、もってのほかだろう？　むしろ後腐れがないように始末するべきじゃないか』

どうするかまかせるよ、と。

可愛《かわい》らしい少年の瞳にチラと酷薄な色を浮かべて、朱峰は一足先に秩父三峰《みつみね》へと帰っていった。

ナッパ服に印半纏《しるしばんてん》。苦み走った兄ぃの姿で白峰は腕を組む。

百目鬼がいそいそと茶を差し出す。

茶菓子は一階の蕎麦《そば》屋から差し入れられた蕎麦ぼうろである。店主が近ごろ気を入れて作りはじめ、蕎麦饅頭《まんじゆう》と一緒に土産で売って、そこそこ人気となっている。蕎麦を食わずに店先で饅頭とぼうろだけ買っていく婦人客もある。

「いよいよお帰りになりますか？」

遠慮しいしい百目鬼が訊く。

「ああ、帰る。明後日《あさって》あたりの汽車に乗る」

「ええっ？　それならそうと言ってくださいよ。ご一緒して目玉を返してもらうんですから」

急いで旅支度しなきゃいけません。汽車の切符はまかせてください。ついでに川下りで遊んだり、帰りは足を伸ばして松山《まつやま》の百穴《ひやくあな》見物はどうかしら。目の具合がよくなってさぞかし景色が楽しめるでしょうなどと、目ん玉妖怪はいまから上機嫌だ。

腕組みの白峰が窓のおもてを見やって、ひやりと眼《まなこ》を光らせる。

「始末するべきか」

四

『むらさき倶楽部』における舞踏会がもう明日という日、異香庵を客が訪れた。

はるばる秩父から来た客だ。

「印南徳治《いんなみとくじ》です」

年のころ五十ばかりの恰幅《かっぷく》のいい男である。色白で、いかにも旦那風。番頭と思《おぼ》しき中年のお付きを連れていた。

こちらを見るなり「ああ」と感極まる顔をした。

よほど自分は生母に生き写しなのだろうと嘉寿哉は察した。

「ようこそおいでくださいました。折原嘉寿哉です」

伯父《おじ》をまえに折り目正しく挨拶した。

「先だってはお手紙をありがとうございました。どうぞお上がりください」

「ありがとう、嘉寿哉くん。恐縮だが、まずはお母上にお線香を差し上げたいのだが」

仏間に案内すると、番頭が風呂敷包みを解《ほど》いて箱入りの線香を取り出した。だいぶ上等そうな香りに恐縮しつつ〝養母が他界していることも、ちゃんと調べてきたに違いない〟と考えた。

弐矢が出かけたまま帰らないので、自分で台所に下りて茶を淹れ、初めて見《まみ》える親族にゆっくり向かい合った。

「長いあいだ無沙汰をして、たいそう面目ない」

伯父が最初にそう詫《わ》びた。

「折原のお母上からどんなふうに聞かされているかわからないが、君は、わたしの妹が産んだ息子だ。わたしにとっては甥《おい》にあたる」

どうか伯父さんと呼んでくれと申し出られて、嘉寿哉は素直に「はい」とうなずいた。

「実は最近、母の知り人だというかたから話を聞きました。実の母が印南チカといって、秩父大宮の織物問屋の娘であることを知ったばかりです」

隠さずに告げると伯父が驚いた。

「何と、そうか。それなら話が早い」

控えて座る番頭を振り返って、ちょっと目を見交わした。

生来の勘の鋭さで、嘉寿哉は何とはなしに伯父の用向きについて感づいた。

〝帰ってこい〟と言うに違いない。

果たして、

「嘉寿哉くん。君は秩父へ来てくれるつもりはないかね？」

伯父が神妙な口ぶりでそう訊いた。

「聞いてのとおり、印南の家業はおもに秩父絹の買継《かいつぎ》だ。屋号を印南商店といって、わたしが社長業をやっている。あいにくこの年まで子どもができず、跡取りがない。養子をもらう手も考えたが、せっかく妹の産んだ子があるんだ。もし君が『うん』と言ってくれたら、これほど頼もしい次期社長はないと考えて出かけてきたわけだ」

帝大を出たそうだね、優秀じゃないか、と伯父が褒める。

「チカは……君の産みの母親は、残念ながら若いうちに亡くなってしまった。妹を幸せにしてやれなかったぶん、君によくしてあげたいと思っている。いまは学問のほうを頑張っているそうだが、どうかね、成果のほうは」

言いながら伯父がポリポリと右のこめかみを掻《か》いた。

〝千里眼乙女〟の話は伏せてくるだろうと、初めから嘉寿哉は予期していた。

伯父は肥えて恰幅はいいが、もともとの骨格は細そうだ。目鼻がくっきりとして、若い時分はさぞや美男ともてはやされたことだろう。少し痩せれば歌舞伎役者の誰かに似ていそうだ。

「伯父さん。母はどうして亡くなったんでしょう？」

試しに問うと、伯父がまたポリリとこめかみを掻いた。

言い淀《よど》んだり、隠したり、何か都合が悪いと感じたときに出る癖だろうと、嘉寿哉は心理学者の目で見抜く。

「チカは……流行《はや》り病《やまい》でね。ずいぶんあっけなかった」

案の定、偽りだ。

印南チカの最期については、すでに鴨井から聞いて知っている。

「そうですか」

無理もないと納得する。商売人として、また社長として、身内に起きた悲劇は伏せて他に知らせないのが当たり前だろう。若い甥に、生き別れとなった生母の悲運を告げないのは、むしろ優しい気遣いともとれる。

しかし、と嘉寿哉は考える。

鴨井が聞かせてくれた昔話を思い起こしつつ、せっかくの面談を不毛な嘘《うそ》ばかりで終わらせたくはない、せめて出自に関する二、三の真実なりとも突きとめねば気がすまないと、学究肌の生真面目さで思い詰めた。

〝好きな人があるんです。その人とのあいだに子どももありました〟

母は鴨井にそう告げたという。父について鴨井に訊《たず》ねたが、あいにく何者であるかを師は聞かされていなかった。

『印南社長がやって来れば、そのへんのことが明らかになるかもしれない』

いささか知恵を用いて伯父に問うてみた。

「伯父さん。お手紙をいただいたときから、ずっとお訊ねしたかったことがありました。僕の父親についてです。件《くだん》の母の知り人からぼんやりとは伝え聞いていますが、伯父さんから確かな事情をうかがえればと願っています。どうか包み隠さず教えてください。でなければ、ご提案について考えてみる気が起きません」

真実を知りたい。

そうきっぱり告げると、伯父は番頭とふたたび顔を見合わせた。

渋い顔をしてしばらく黙っていたが、ややあって観念したようにうなずいた。

こめかみは引っ掻かない。

「いいだろう、嘉寿哉くん。妹を結婚させずに、君を養子に出したことからも、おおよその見当はついていることだろう。君の父親は、いわゆる余所者《よそもの》だった」

地元のものではなかったと、伯父が打ち明けた。

「君は二十四になるだろう。ということは、あれはもう二十五年も前のことになる。あの年は、山に冬が来るのが早かった。十一月の終わりに、チカが急に思いついたと言って茸《きのこ》を採りに出かけた。もちろんお供を連れていかせた。妹はときどきそうして山や川へ出かけては、景色を眺めながら反物の色柄を考えるのが好きだった。山に詳しい爺《じい》やと二人、その日はずいぶん奥のほうまで登ったそうだ。そこで、男が誤って撃たれているのに出会った」

「撃たれて、とは鉄砲ですか?」

「そうだ。猟師が猪《いのしし》か何かを狙ったんだろう。その年の猟をはじめて間もなくで、勘が鈍っていたのかもしれん。とにかく人が撃たれたんだから誤射だ。猟師は逃げたのか、その場にいなかった。不思議なことに男は素裸で倒れていたそうだ。チカが傷の手当をし、爺やが苦労して背負って連れてきた。運よく命が助かり、三日ばかりして目を覚ました。困ったことに、男は自分が何者だかわからなかった」

氏名も在所も、いっさいを忘れ果てていた。

「記憶喪失ですか。銃撃のショックで精神が混乱を……もしくは、発熱や感染が原因で脳の機能が損なわれたか」

「出入りの医者に診《み》てもらったが、よくわからぬと言っていた。時が経《た》てば思い出すかもしれんということで、仕方なく印南で使うことにした。言葉は話せたし、目が覚めたあとは傷の治りも早かった。爺やが自分の古着を着せてやり、顔を洗わせて髭を剃《そ》ると、えらく美男で驚いた」

背が高く、脛《すね》が長く、肩幅も広く。額は秀でて、瞳が少し青みがかったようであり、何より鼻筋が美しいのが目を引いた。

「恩人だと言ってチカをありがたがるから、外出のときの送り迎えやら、母屋の力仕事なぞを頼む下男として雇い入れた。それが間違いだった」

半年経たぬうちにチカが身籠もった。

問い質《ただ》すまでもなく「彼の子です」とさっぱり明かした。

「妹は十九だった。ふつうならとうに縁づいていておかしくないが、チカは何というか……少々変わったところがあって、それに印南商店の看板娘でもあったから嫁ぐのが遅くなっていた」

とはいえ、自分の名前も住み処《すか》もわからない男に添わせるわけにはいかぬ。真面目で、なかなか働き者ではあったが、男とは別れさせることにした。外聞からしても、そうしないわけにはいかなかった。

「それで僕は養子に出されることに……」

そういう理由だったのかと、嘉寿哉はおのれの出生の事情を飲み込んだ。

伯父がつづける。

「懇意の機屋《はたや》に乳の出る嫁がいて、生まれてすぐはそこへ里子に出した。印南は百貨店とも取引があったから東京に出向く機会もある。折原への養子の話はそうして見つけたものだった」

折原の養母は呉服問屋の主人の娘である。「子どもをほしがる女がある」と人づてに聞かされ、伯父が養子の縁組を決めたのだった。

「チカと男にそれぞれ約束をさせた。子どもは責任を持ってしかとした先に育ててもらう。その代わりに二人はきちんと別れるようにと。チカは、わたしが決める相手に嫁ぐこと。男は、こちらで働き口を世話するから秩父を離れること。チカには〝男は金をやったら簡単に去った〟と偽りを教えた」

子どもの無事と引き換えに、金輪際会わぬようにと誓わせた。

「そんな……」

「申し訳ない、嘉寿哉くん。当時はまだ明治の御代《みよ》でもあり、文明開化の声なぞ遠い土地でのことだった」

「父はその後、どこへ」

「同じ絹の産地ということで秩父と桐生《きりゅう》とは縁がある。向こうの知人の口利きで下野の銅山へ行ってもらった」

「足尾ですか」

「そうだ。それきりしばらくは音沙汰がなかったが、足尾で労働争議が起きた。そのすぐあとに一度だけ、印南にやって来たことがあるそうだ」

誓いを破って秩父を訪れたことがある。

寒い二月のことだった。

「夜中に爺やのところへ忍んできたそうだ。わたしはあとになって知らされた。何でも

〝不意の発破《はっぱ》に驚いてすべて思い出した。子どもに会いたい〟と必死に頼み込んだらしい。チカはすでに死んでいて、爺やは彼を憐《あわ》れんだ。子どもは東京本郷の折原という家に養子に出されたと教えてやったそうだ」

帝都本郷、折原家。

異香庵の戸口を見知らぬ男が訪れた日のことを、嘉寿哉は異様なほど鮮明に思い出す。

白い頰に血色をのぼらせつつ思い切って訊いた。

「伯父さん。彼の名前……僕の父は、印南の家で何と呼ばれていたでしょう？」

「三峰《みつみね》だ」

「三峰……」

「三峰の山で助けたから〝三峰一郎〟にしようとチカが名づけた」

聞いた瞬間、深く胸に息を吸った。

三峰一郎。

異香庵に雇われていた下男だ。

長いことともに暮らした男は、自分にとっての父だった。

ひどく寡黙で、まるで西日を受けて黒々と伸びた影のように、ぴたりとつねに寄り添ってくれた。

ある日、前触れもなく消えた。

考えてみれば自分は養母の死のときも、生母の死を明かされたときにも、泣きはしなかった。なのにいま、三峰一郎が実父であったと聞いて初めて目が潤むのを感じる。肉親の情というものにようやく触れて、常になく心が揺れたようだ。

「嘉寿哉くん。いろいろとすまなかった。このとおりだ」

伯父があらたまって頭を下げた。

嘉寿哉は目もとを拭って「いえ」と首を振った。

「真実を聞かせてくださり、ありがとうございます。当時の時代の空気からしても、様々の事情からしても、万事仕方のないことだったと思います。理解できます。折原の母にはよくしてもらいました。不自由なく育ててもらって感謝しています。日陰者と見られて過ごすより、こうして帝都に暮らしたほうが幸福であったと考えます。恐縮ですが、お申し出の件については少し思案の時間をいただけますか？　ご存じかもしれませんが、僕は変態心理学という分野を学んでいます。その研究に関する大きな挑戦を、ちょうど控えているところです。それをすませてから、しっかり検討したいと思います」

猶予がほしいと頼むと、伯父は快く承諾した。

「色よい返事を待っているよ」

主人が手洗いに立つあいだに、それまで控えていた番頭がおもむろに口を開いた。

「手前どもは、なかなか難しい問題を抱えておりまして……実は、印南商店は過去に一度倒れております。質《たち》の悪い投資家に騙《だま》されかけ、いろいろあって破産いたしました。そこから再起したのです。かつての秩父は買継商の睨みが断然利いておりましたが、近ごろは機械を入れた機屋連中の勢いが増しました。買継の大きなところは自前で銀行もやって盤石でしたが、これからの時代はどうなりますことやらわかりません。社長は若いあなたを非常に頼りに思っておいでです」

決して疎《おろそ》かにはしないはずですと、耳打ちをよこした。

嘉寿哉はうなずき「わかりました」とだけ返事をした。

客は小一時間ほどで帰っていった。

線香の香りの漂う仏間で、しばらく母の写真を眺めて過ごした。

小さな位牌《いはい》と写真。

写真には赤ん坊を抱いてひっそり微笑む養母が映っている。

赤ん坊は嘉寿哉自身である。

幼い時分、養母はまったく笑わないと思っていたが、中学にすすむころになると真顔と笑顔の区別が何となくつくようになった。蛇神に捧《ささ》げた一生のうちにもささやかな幸せがあったのだと、いまでは理解ができる。迎えた養子には蛇神の世話を一切させず、重荷を負わせなかった。あとから思えば一本筋の通った強い女であったかもしれぬ。

下男三峰は自分の父だった。

「はい」「いいえ」「坊ちゃん」「奥様」以外の言葉を滅多に口にしなかった。

高校入学のとき、制服姿を褒めてくれた。

『ご立派です』

普段と顔つきは変わらなかった。

彼の人生にも幸福があったに違いないと考え、またしても涙が滲《にじ》んだ。

そのときである。

「ごめんください」

おもてに覚えのある声がした。

出てみると、訪問者は百目鬼不動産の白峰だった。

「白峰さん、こんにちは。お一人ですか？　百目鬼社長は？」

「一人です。お邪魔します」

雇い主に伴われずに彼が異香庵を訪れるのは初めてのことだ。用事を言いつかっての到来だろうかと不思議に思ううち、ずか、と紺足袋に雪駄《せった》で白峰が玄関のうちへと踏み入った。

「失敬……実はついさっきまで客があったもので。あいにく居間が片づいていません。

よければ書斎でどうでしょう」

茶碗《ちゃわん》と座布団がそのままの居間と、書物の積み重なる書斎と、どちらがましか知れなかったが嘉寿哉はそうすすめた。

硝子《ガラス》戸越しに陽の射《さ》す廊下をギシギシと渡る。

背後に紺絣《こんがすり》着流しの白峰がぴたりとついてくる。

「少々待っていてください。お茶を淹れてきます」

「結構です。猫……弐矢くんは留守ですか」

「ええ。昨日出かけましたが、まだ戻りません。行き先が浅草ですから、於六さんたちと楽しくやっているんでしょう」

活動写真でも観《み》ているでしょうと嘉寿哉は答える。

そうですか、と言って白峰が目を光らせた。

茶はいらないと言うので、仕方なく嘉寿哉は椅子に腰かける。

書棚の上をいじるための小椅子があるので、客にはそちらをすすめる。

壁際は書棚で埋められて、床にも資料の詰まった行李《こうり》やら、原稿用紙の綴《つづ》りやら、読みさしの本の山やらが築かれているので、もとは四畳半ほどの洋間がさらに狭くなっている。男二人が差し向かいで腰かけると、ほとんど膝頭が触れ合わんばかりの近さとなる。

白峰が何も言わずに見つめるので、嘉寿哉はようやく奇妙に思う。

「もしや、僕に何か相談事があって来られましたか？」

「そういうわけではありません」

「では、ただ何となく胸のうちを聞いてもらいたい心持ちがして、とか？　百目鬼社長とのあいだに軋轢《あつれき》でもありますか？　世知辛い世の中ですから、雇用主と労働者のあいだに難しい問題が生じてもおかしくありません。もしくは、同僚の弐矢との関係がうまくいきませんか？　彼はだいぶあっけらかんとした気質ですから、慎重そうな白峰さんとは相性のよくない面もあるかもしれません。いずれにせよ不満が大きくならないうちに発散しておくのはいい手です」

心情吐露は心理学的にも理に適《かな》った対処法ですと、発言を促してみる。

白峰がむっつりと真顔のままで、すい、と顔を寄せてくる。

しげしげ見ると、実に鋭く美しい形の鼻をしている。

間近で、くん、と何かを嗅ぐようなので、

「あ、もしや臭《にお》いますか？　昨夜は大学へ寄った帰りに焼売《シューマイ》を食べました。新しくできた大陸料理の店があるんです。大蒜《にんにく》が入っていたでしょうか？　臭《くさ》み消しにやっぱりお茶を……あっ」

やにわに腕をつかまれたので嘉寿哉は驚いた。

ぐっと引き寄せられ、抱え込まれる格好になる。

「大丈夫ですか、白峰さん？　僕でよければ何でも聞きましょう。どうか遠慮しないでください」

苦悩のあまり他人に抱きついたのだろうと解釈する。

親切に申し出たところが、今度は少々手荒に突き放された。

「迷っています」

「その迷いとはどんなことでしょう？」

「始末するべきかどうかです」

「始末というと、不動産売買のお仕事についての悩みですか？　土地取引について詳しくはありませんが、百目鬼社長のご指示を仰ぐのが一番ではありませんか？」

「始末しろというのが兄の意見です」

「お兄さん？　そう言えば三人兄弟だとうかがいました。とすると秩父のご実家の土地か家かについてのことですか？　相続のことはお兄さんに権限がおありでしょうが、ともあれ兄弟同士でよくよく話し合うことが大切です。お兄さんのご意見におおむね従うことにして、白峰さんのご希望もあらかじめ提案してみてはどうでしょう」

いかがでしょう、と。のぞき込んだ白峰の目が一瞬ひやりと光って見えて、嘉寿哉は
「おや」と訝《いぶか》しんだ。

白峰が唸《うな》る。

「始末するか……」

口の端に見える糸切り歯がキリッと尖って伸びる。

ただでさえ逞《たくま》しい〝兄ぃ〟の肩が、ぐぐぅ、と不自然に力《りき》むのを仰ぎ見ながら、嘉寿哉はふと告げた。

「あなたは、三峰に似ています」

むかしこの家にいた下男の話を覚えていますか？　と。

いまではもう実の父であったと知る人のことを口にした。

「以前、あなたの行方知れずのお兄さんについてうかがった際に、三峰のことを話しました。〝自分に匂いの似ているものに出会わなかったか〟とあなたが訊くので、彼を思い出しました。〝印象が似ている〟と、確か伝えたと思います」

屈《かが》み込むまま白峰が顔を曇らせた。

「覚えている」

「鼻筋の通った美男で、無口で、僕と母の面倒を長いことよく見てくれました。間近にのぞいて気づきましたが、あなたと同じく彼も青みがかった目をしていました。震災前のある日、急に姿が見えなくなってそれきりでした」

「代わりに大犬があらわれた」

「ええ、そうです。雰囲気が何とはなしに三峰に似ていました。吠《ほ》えもせず、寝てばかりでしたが、ただ黙ってこの家を守ってくれていると感じました」

「犬は地震で死んだと言った」

「はい、たぶん。たぶんと言うのは、亡骸《なきがら》が出なかったからです。おもてに崩れた土蔵があるでしょう。枝垂れ桜の向こうです。以前は蔵のなかに屋敷神を祀《まつ》っていました。母の実家で特別に信仰する蛇神でした。地震は、母がちょうどお詣りに入っているときに起きました。僕は転《まろ》びながら家を出て、母を救いに蔵へ入ろうとしましたが躊躇《ためら》いました……」

〝母さんっ〟

ギシギシ揺れる家を叫びながら出た。

庭木も蔵も揺れていた。

椎の緑がゆさゆさと天を掃き、瓦が弾《はじ》けて屋根から降ってきた。

〝よくお聞き。蔵のうちは隠世《かくりよ》だから、けして立ち入ってはなりません〟

立っていられぬほどに揺さぶられながら、養母の戒めを思い出していた。

高校生だ。迷信を恐れる年ごろはとっくに過ぎた。何を躊躇うのだと、おのれを叱咤《しった》した。

……いま行きます、母さん！

すくむ足を励まし、駆け入ろうとしたところに、

『あっ』

もの凄《すご》い勢いで何かに弾き飛ばされた。

見ると犬だった。

異香庵に居着いた大犬……自分も母も気づけば〝三峰、三峰〟と呼んでいたそれが、日ごろからは思いもつかぬすばやさで蔵へ飛び込んだ。

いったん尻もちをつくと立ち上がるのは困難だった。

呆然《ぼうぜん》と見守るうちに土煙が立った。

『母さん……三峰……』

それは一瞬のことだった。

目を凝らしてうかがう蔵のうちに、母を抱える人影が見えたのだ。

行方知れずの三峰だった。

三峰！　と。

呼びかけぬうちに蔵の屋根がべしゃりと落ちた。

「あのとき目にした信じがたい光景は、未曽有の地震に遭遇し、動顚《どうてん》した僕の脳が作り出した妄想だろうと分析できます。母を案じる気持ちに加えて〝こんなとき彼がいてくれたら〟と頼もしかった相手を頼る心地とが、切迫した状況下において非現実的な幻を

生んだのです。でも、本当のところを打ち明ければ……どこかで僕は、あれは実際に起きた現実だったのではないかと感じています。あの一瞬の邂逅《かいこう》こそが、偽怪《ぎかい》、誤怪《ごかい》、仮怪《けかい》のすべてを取り除いたあとに残る、真怪《しんかい》というものであったと信じたいのです。変態心理です。この変態心理こそが、僕のなかに秘《ひそ》かに存在する真怪です」

一気に打ち明けたあとに嘉寿哉は、くす、と微笑した。

「失敬。長いこと、誰かに聞いてほしかったもので」

弐矢に打ち明けようと思っていたが、いっこうに戻らない。三峰とどこか似通う白峰をまえに、ふと白状したい気持ちに駆られたのだった。

「つまらない話を聞かせてしまいました。許してください」

「……いえ」

「ご実家の話をなさるということは、近く秩父へお戻りですか？」

「このあとすぐに発《た》つ予定です。別れの挨拶に寄ったんです」

すい、と体を起こして椅子を立ち、背筋を正して白峰が言った。

そうでしたかと嘉寿哉は驚いた。

「弐矢がさぞかし寂しがるでしょう。そうだ、ちょうどいい。僕の生家が秩父にあると知れたので、ゆくゆく弐矢と一緒に訪ねます。そのときはぜひ会いましょう」

町を案内してください。百目鬼社長にお願いすれば連絡がつきますか？　などと言いながら嘉寿哉も立つ。

立った拍子に、机の本やらノートやらが地崩れを起こして落ちる。

「あ、しまった」

落ちたノートを白峰が拾う。挟んであったものがはらりと出る。

嘉寿哉は本を拾い集めるので忙しい。

こぼれた紙をつまんだ白峰がギュウと額に皺《しわ》を寄せる。美しい鼻で、くん、と異臭を嗅ぎつける。

玄関へ出ると、嘉寿哉は枝垂れ桜のほうに向かって手を合わせる。

白峰を見送って、

「いろいろとお世話になりました、白峰さん。ご機嫌よう。道中お気をつけて」

五

翌日、異香庵。

昼を過ぎても弐矢はまだ戻らない。

午後に刑事の斯波がやって来た。

「先生、今夜はどうかよろしく頼みます。捜査協力ということで、もしかするとあとから感謝状でも出るかもしれません」

「感謝状などは結構です。実は、一緒に作戦を行う予定のものが出先から戻らず心配しています」

「ああ……ひょっとすると手伝いの青年ですか？ 若いし、見てくれもいいし、きっと不良仲間に誘われて遊び呆《ほう》けているんでしょう。我々がいますから、先生はどうか大船に乗った心地でいてください」

助けなどいりませんと言われたが、嘉寿哉は弐矢のことが心配だ。

「いったいどこへ行ったんでしょう。自動車に轢《ひ》かれたりしていなければいいけれど」

段取りを打ち合わせると斯波は署のほうへ引き上げる。

嘉寿哉は仕方なく自分でアイロンをかける。先だって変装に用いた紺サージの三つ揃《みぞろ》いを借りっぱなしにしている。いつもは弐矢が面倒を見てくれるので、何となく手つきが覚束《おぼつか》ない。

気を揉《も》みながら靴も磨くところに琴太郎《キンタロ》ちゃんがあらわれた。

「まあっ、琴枝《ことえ》がして差し上げますわ！」

どん、と痛烈な体当たりを受けて、嘉寿哉はアイロンまえから退却する。

琴枝は女学校帰りとみえて、娘らしい矢絣《やがすり》に紺藤《こんふじ》の袴《はかま》を着けている。通学中の清純女学館は来春から制服を取り入れることになっている。琴枝は卒業を控えているので「セーラー服が着たかったのに」とひどく悔しがっている。

「今日が決戦ですわね、嘉寿哉様」

鼻息荒く琴枝が言った。

「これ、よろしければお使いになってください。愛用の薙刀《なぎなた》ですの。下級生に教えたあとに持ち帰りました」

長い得物を渡されたが、嘉寿哉は丁重に遠慮する。

「お心遣いありがとうございます、お嬢さん。しかし湯島までの道のりがありますし、おそらくダンスホールには刃物を持ち込めません。警察と協力ができていますから大丈夫です」

　心配ご無用と告げるが、琴枝は気が気でないようだ。

「嘉寿哉様にお怪我でもあったらどうしようと、昨夜は一睡もできませんでした。お母様も心配だけど、嘉寿哉様のことはもっと心配。あら？　お付きはどこへ行きまして？」

「実は、弐矢は出かけたまま戻りません。僕は彼を心配しています」

「まあっ、嘉寿哉様を置いて逃げるだなんて。卑怯《ひきょう》な敵前逃亡ですわ！　琴枝が懲らしめてやります！」

　たちまち憤慨する琴枝に嘉寿哉は言う。

「いいえ、彼は卑怯者などではありません。心根の正しい親切な青年です。僕にとっては単なる使用人ではなく……そう、大切な友人なんです」

　もはや家族ですと庇《かば》うと、琴枝が「あら」と肩をすぼめて恐縮した。

「悪口を言ってすみません。せめてお夕食を支度します。家から梅干しを持ってきたんです」

　大きな体を縮め縮め台所へ下りていき、薙刀を笊《ざる》に持ち替えてせっせと米をとぎだした。

　しばらくすると盛大にお焦げの混じった握り飯ができてくる。

嘉寿哉はありがたくいただくことにする。

身の丈五尺六寸の琴太郎ちゃんのおむすびは、大きな手のひらに握られて実にふっくらと仕上がっている。

少々しょっぱいが旨いと嘉寿哉は感謝する。

「僕が必ず問題を解決します。お母様のご無事を約束します」

「頼りにしてます、嘉寿哉様」

庭から虫の声が聞こえだして、そろそろ出陣の時刻である。

三つ揃いに着替えて髪をすっきりととのえ、革靴を履いた。

「日が暮れてしまわないうちにご自宅に戻って吉報を待ってください」

「ご武運を祈ってます、あなた！」

〝嘉寿哉様〟が、どさくさ紛れに〝あなた〟に変わっているが、嘉寿哉は構わず「はい」と答えて玄関を出た。

蔵に向かって頭を下げ、ソフト帽を被って歩みだす。

……弐矢は直接湯島に向かったのかもしれない。

電車道を横切り、帝大の敷地に沿って暗闇坂《くらやみざか》を下る。

白峰の汽車はいまどのあたりだろうとふと考える。あれからすぐに上野へ出たのか、それとも神田で百目鬼社長と別れの杯でも交わしているか。熊谷《くまがや》を経て帰るのか、それとも東武《とうぶ》電鉄で寄居《よりい》へ出るか。

鴨井《かもい》が印南チカと出会ったころには、線路はまだ秩父まで通っていなかったそうだ。実父三峰一郎はどこをどう歩んで、または汽車に揺られて、帝都の自分のもとにたどり着いてくれたのだろう……。

ふと、弐矢が初めて異香庵を訪れたときのことを思い出す。

『チカ！　会いたかった！』

あらためて振り返ると、あの日あそこで偶然行き倒れたわけでなく、まるで〝チカ〟に会うために狙い澄ましてやって来たようにも思われる。

弐矢の慕うチカとは、いったいどういう女だろう。しかと訊ねたことがない。戻ってきたら彼の話をよく聞こうと思いつつ、湯島を指した。

夕暮れの街角に野良犬がある。

何だか哀れそうにしゃがんでいる。

飼い主に見捨てられたのだろうか、薄汚れた首輪を着けている。

〝三峰〟の代わりに飼おうかと思いつき、近ごろ異香庵に出入りする黒猫との相性を考える。

白峰にうっかり語った自身のなかの真怪について思う。

考えてみれば実に不思議である。

伯父の物語によって、自分は三峰一郎の息子であると判明した。つまり、大地震のさなかに大犬から変身した男の息子である。そもそも犬が三峰に変じたのか、それとも三峰が犬に変わったか。

実母は千里眼の持ち主であったという。こちらはこちらで超常能力者である。息子の自分もやけに勘の鋭いところがあると自覚している。

してみると〝折原嘉寿哉〟とは、すこぶる変態的な両親のあいだに生まれた変態児なのであると考え「ふふっ」と笑った。

「聞いてください、弐矢。興味深い話です」

決戦を前に奮い立つあまり異常な心理に陥ったのかもしれない。そばにおらぬ相手に向かって愉快に話しかけ、実際、今晩は弐矢にそのように語り聞かせようといまから決めた。

晩のおかずは何だろう。

肉か魚か。日本食か洋食か。

台所からトントンと包丁の音がして、食欲をそそる匂いが縁側沿いに書斎のほうまで漂う。

『おおい、嘉寿哉ぁ。もうすぐ晩飯だよ。今夜は鰈《かれい》の煮つけだよ。蕪《かぶ》は酢漬けで、卵焼きは好みの甘い味だ』

……御厨薔薇と対決し、鴨井夫人を救い出し、千里眼を悪用した詐欺行為を阻止して、家に帰ろう。

お化け横町というところを行く手に見る。

湯島である。

『むらさき倶楽部』の闇が坂の上に見えている。

自動車の照明が眩《まぶ》しく点灯している。煙草をふかす運転手もある。

特別な舞踏会なので車で乗りつける客ばかりとみえる。ポマードの紳士や毛皮の貴婦人が賑《にぎ》やかに倶楽部のほうへ向かう。

倶楽部門前に四、五人が群れている。

そこで嘉寿哉ははたと忘れ物に気がついた。

「しまった。招待状が……」

舞踏会の詳細が記された本紫色のチラシ。なくさないようノートに挟んだのをうっかり家に忘れてきた。

取りに戻るべきかどうしようかと迷うところに、案内嬢と客の会話が聞こえてくる。

「招待状をお忘れに？　いいえ、構いません。今宵《こよい》お越しくださる皆さまは、特別の催しについてご存じでいらっしゃるかたばかりですから」

「よかったわ。外でお待ちの皆さんがたくさんですのよ。早く入れてくださいな」

しめた、と嘉寿哉は他の客のうしろにくっつき、さも同行者であるように装っていく。急《せ》かされた案内嬢が「どうぞ、どうぞ」と客を次々招き入れる。案内嬢たちは揃いの仮面を着けている。

奥の案内嬢が客に何かを配っている。

「どうぞ。お好みの面をお選びください」

順番が来てのぞき込むと、漆塗りの箱に様々な仮面が並んでいる。

化け物の面だ。

一番手前に緑色の河童がある。

となりは天狗《てんぐ》だ。

小憎らしい老人は子泣き爺。

悪戯《いたずら》気《げ》な子どもの顔は座敷童《ざしきわらし》に違いない。

青白い美女もある。雪女だろうと嘉寿哉は思う。

「もしや〝物《もの》の怪《け》の舞踏会〟という趣向でしょうか？」

試しに訊くと案内嬢が仮面のうちで「うふふ」と笑う。案内嬢が被るのは狐面である。

他より大きい大入道《おおにゅうどう》。真っ白で四角で細長い一反木綿《いったんもめん》。

一ツ目小僧と三ツ目小僧が仲よさそうに並んでいる。

猫又があって、犬神がある。

なかに何も描かれていない、ただ白いだけの仮面があって、嘉寿哉は何となくそれにした。

「あら、のっぺらぼうでよろしいんですか？」

「はい、これにします」

のっぺらぼうの紳士となって椿《つばき》の茂るなかを奥へとすすむ。

館には盛装の化け物たちが群れている。

藍色の海坊主《うみぼうず》が洒落たタキシードでステッキを振り振り歩んでいる。

紅梅のドレスに真珠のネックレスの鬼婆《おにばば》が、知人に気づいたらしく寄っていく。知り合いは秘色《ひそく》の色のワンピースの青女房《あおにょうぼう》である。

ホールにはジャズが響いている。

ダンス教師たちはそろって膝下丈の流行りのドレスで、みな狐色である。案内嬢と同じく狐の面で顔を隠し、コンコンといまにも鳴きそうだ。

あとから一人、黄味の強い黄金色《こがねいろ》のドレスでちょっと偉そうに出てくるのがある。細身の青年を連れている。いや、娘か。華奢《きやしや》な体に燕尾服《えんびふく》をまとっている。滝のごとき漆黒の髪を背に長々と垂らしている。

半分の狐面で目もとだけ隠している。

赤らむくちびるが、にんまりと薄ら笑いを浮かべている。

「あっ」

嘉寿哉はすぐさま見覚えがあると気がついた。

〝姫〟だ。

冬に神田川沿いのカフェで出会った相手だ。

妖しげな女どもに崇《あが》められ、閉じ込められて、自分は特殊な力の持ち主だと強固に信じ込まされていた。

カフェに乗り込み、救い出そうとしたが、

『僕を見て。僕の言うことを聞いて。僕に逆らうの？　言うことを聞け！』

『君は誤った思い込みにとらわれているのです。いままで〝思いのままに操る〟ことができたと思う相手は、何者かによって周到な催眠暗示を施されていた疑いがあります。君自身も強力な暗示をかけられているかもしれない。これは決して神通力などというものではありません。悪質な集団に囚《とら》われ、世間から隔離されて、自分は特別な存在だと思い込まされている』

君も僕と同じふつうの人間です、と説得を試みたが果たせなかった。

〝姫〟は美しい顔を歪《ゆが》めて金切り声を上げた。

『鬱金《うこん》、効かない！　他のやつらはすぐ言いなりなのに、どうして！』

女給がなだめた。

『あなた様は妖狐と人のあいだにお生まれになった変成男子《へんじようなんし》。思いのままに人を操る神通力をお持ちの、それはそれは貴い方でいらっしゃいます』

見れば、あそこにいる黄金のドレスの女は、あのときの鬱金という女給頭だ。背格好と気配からしてきっと間違いない。ということは『むらさき倶楽部』は、あの神田川の催眠カフェの変装ではないか？　そういうことならば、なるほど御厨薔薇との関わりにも説明がつく。催眠術を用いて詐欺を働くもの同士が、都合よく結託したということだ。

あるいは、もともと一味であった可能性もある。

ますます放ってはおけないと嘉寿哉はまなざしを厳しくする。芝居の『忠臣蔵《ちゆうしんぐら》』であれば雪のなかに陣太鼓が響くところである。

見得を切りつつ敵役《かたきやく》が登場した。

「やあ、皆さん。ようこそこの佳《よ》き日にお集まりくださいました」

よく通るバリトンだ。

ジャズのリズムを押しのけてホールに響くのは、霊術家御厨薔薇の声だ。

六

そのころ弐矢はといえば、狭くて暗い牢獄《ろうごく》のなかである。

浅草警察署内の留置場。

二日前、浅草寺の境内で斯波刑事に捕まった。

窃盗の現行犯だ。

ピカリと輝く金文字に誘われ、ついつい手を出したのが悪かった。

盗《と》ったのは煙草で両切りの国産だ。

喫煙なぞしない嘉寿哉への土産に盗んだところを御用《ごよう》になった。

斯波刑事はあらかじめ目つき鋭く狙っていた。

……確かに弁天四郎だ。以前から捕まえてやろうと思っていた小生意気な不良だ。

本郷西片の折原嘉寿哉宅を訪ねた際に〝知った顔だぞ〟と感づいた。冬に会ったときにも気にかかったが、そのときは体調が優れず思い出せなかった。

弁天四郎は震災孤児である。地震の前から悪さをしていたものの、工員の父親が火事で死んで身寄りがなくなり、不良どもの根城が彼の家となった。六区あたりを縄張りにする白虎組《びゃっこぐみ》というごろつきどもの手下となって、兄貴たちから直々に悪事を伝授された。強請《ゆすり》たかりに美人局《つつもたせ》。盗みに暴行。ひ弱な美少年がいいように使われているのかと思いきや、このごろは色男の自覚が芽生えだして、芸者の姐《ねえ》さんに食わせてもらったり、家出少女に貢がせたり。

本富士《もとふじ》署に転じる以前、斯波刑事は惜しくも彼を取り逃がしたことがある。とある劇場の楽屋で博打《ばくち》が行われるとの情報をつかみ、踏み込もうとしたところが、四郎を可愛がっていた下っ端女優が不良どもに知らせて台無しとなった。兄貴分たちはあっという間に逃走し、逃げ遅れた四郎を追って浅草寺裏から隅田川まで駆けた。

細っこいくせに四郎は俊足だった。こちらを嘲笑《あざわら》うように小道から小道へと逃走し、猿若町《さるわかちょう》、聖天町《しょうてんちょう》と逃げて、今戸神社《いまどじんじゃ》のあたりで見えなくなった。

見失う直前、わざわざ電灯の下に突っ立ち〝あかんべい〟と舌を出した。舌を出しても美少年だった。いつかあの綺麗《きれい》な顔にゲンコツを見舞ってやるぞと、斯波は執着した。

好機が訪れたわけである。

『現行犯で逮捕する！』

怒鳴りつけ、飛びかかって締め上げた。

ジタバタするのを古巣にしょっ引いていって、顔馴染みに融通を利かせてもらい、小

憎らしい顔を睨んで取り調べたが、

「四郎？　四郎なんてやつは知らないよ。俺は弐矢ってんだよ。会ったばかりじゃないか、刑事さん。うちに来たろ？」

「嘘をつくな！　貴様は弁天四郎に違いない。この界隈でさんざっぱら悪事を働いただろう。知らないとは言わせんっ」

「知らないもんは知らないさ。なぁ、帰してくれよぅ。嘉寿哉が心配するよ」

煙草が手に吸いついてきたんだよ、などとふざけた供述をする。

「弁天四郎だと認めろ！」

「俺は弐矢だよ」

「兄貴たちに面通しをさせるぞ」

「兄貴も弟もいやしない。四郎なら喰っちまったよ」

「こいつめっ、警察を馬鹿にしやがって！」

バリバリ噛《か》み砕いて飲み込んだのは本当だ。

ゴツンと殴られながら弐矢は「困ったなぁ」と頭を悩ませる。悩むのも考えるのも大の苦手である。

……嘉寿哉が待ってる。帰らなけりゃ。

さんざん小突かれたり叩《たた》かれたりしたあと、狭い留置場にぶち込まれた。

四郎のままでは抜け出せない鉄扉に格子窓だ。

明日は舞踏会。嘉寿哉が出かけていく先は、灰被《はいかぶ》り姫の憧れる王子の城でなく、狐妖怪の巣窟だ。

『君の助力が得られないとしても僕は行きます』

とめてもとまらない嘉寿哉をどうしたものかと、いろいろ考えていた。

下剤を盛るのはどうだろう？

ポカと殴れば気絶しそうだが、好きな相手に拳を振るうのは難しい。

驚かせて失神させる手はどうか。青鷺火が人語をしゃべるのを聞かせたら、アッと驚愕《きょうがく》して倒れないものか。

『仕方ないよ。俺がついてってやる』

そう言ってやったら嘉寿哉が極上の笑顔を見せた。

〝頼りがいのある日本男児〟などと褒められて、正直「死んでもかまやしない」と思わなくもない。しかし嘉寿哉を助けないまま牢屋で死ぬのはごめんである。

「くそっ、こっから出なけりゃあ」

冷たい床に寝転んで一晩中あれやこれやと考えた。

本性をあらわせば造作もない。鉄扉の蝶番《ちょうつがい》だろうが格子窓の継ぎ目だろうが、ガツンと当たれば砕けるに違いない。だが問題はそのあとだ。変身で妖気が尽きて、おそらくすぐには人間に戻れない。

変身するにも、本性で暴れるにも、どちらにしても妖気を消耗する。

脱走したらしたで猪首の刑事がすぐにも追っ手をかけるに決まっている。

住み処は嘉寿哉の家だと知れているので、戻れば早々に牢屋に逆戻りだ。

「うーんうーん……ってことは、どうすりゃいいんだ？」

白くて可憐《かれん》な嘉寿哉の顔が思い浮かぶ。

チカのようでチカでない。

二十年前の秩父の織物問屋の娘でなしに、帝都の変態心理学者の折原嘉寿哉の顔だ。

厄介事をすませてのんびりしようと誘うと、寒くなったら温泉へでも出かけようかと答えてくれた。

むかし、維新のころに一度、お店《たな》の番頭のお供で伊香保《いかほ》温泉まで旅したことがあった。

古くからの温泉場で、丁稚だった自分も浸かるように言われて、恐る恐る湯に入った。

風呂をもらっても烏《からす》の行水ですますのだ。熱々のところにゆっくり浸かれと命令されて弱り果てた。

湯あたりしてボウッとなると、いつも厳しいばかりの番頭が慌てて冷やした甘酒をくれ、饅頭をくれた。温泉もさほど悪くはないとチラと考えたのだった。

……嘉寿哉と浸かったらどんなにいいだろう。

その夜は留置場に一泊して、翌日また猪首があらわれた。

〝兄貴〟だという男を連れてきた。

「こいつは弁天四郎に違いないな」

「へぇ、刑事さん。四郎のやつです、間違いありません。おい、四郎！　てめぇは急に消えやがって。いままでどこをほっつき歩いてたんだ？」

「兄貴じゃないよ。知らないよ」

「馬鹿野郎！　しらばっくれやがって」

「なあ、四郎。馴染みの仲間がこう言ってるんだ。いい加減に観念しろ」

賭博だの、詐欺だの、恐喝だのといろいろ並べ立てられ、ねちこく責められる。

「帰せよう。嘉寿哉のとこへ行かなけりゃあ」

フンと猪首が嘲笑った。

「折原学士のことなら俺にまかせておけ。協力の相談はきっちりできている。ホイッスルを吹けば我々が悪人どもを一網打尽にする。不良上がりの下男なんぞは出番がない。用済みでお払い箱だ。さっさと悪事を白状しろ！」

ガツンと殴られ、ふたたび閉じ込められるころには日が暮れている。

舞踏会は夜である。

そろそろ嘉寿哉が家を出る。

浅草から湯島までどれくらいだったろうと考える。

刑事だけでなく兄貴分からもどやしつけられて、弁天四郎はあちこち傷だらけになっている。毛がないから人の体はちょっとしたことで傷む。不便でしょうがないと恨みながら弐矢は立ち上がる。

鉄扉と、窓格子と、それぞれ睨む。

牢屋から出るのに一度。妖狐と争うためにもう一度。

二度も化けたら最後だ。

狐妖怪を相手に暴れたあとは、きっともう人には戻れない。

妖気が尽きて終わりだ。

〝ありがとう、弐矢〟

記憶のなかの嘉寿哉が、綺麗な顔でほんのり微笑する。

銀縁眼鏡をちょっと押し上げてから小難しい理屈を語りだす癖を、何やら甘酸っぱい心地で思い出す。

「弱ったなぁ。言いたいことがあった気がするけどなぁ」

留置場の監視係は食事を差し入れたきり戻らない。

人目がないのを確かめ、弐矢はペロリと口の端を舐《な》める。

クリーム色のセーターを脱ぎ、格子縞のズボンを脱ぎ、シャツを脱ぎ、越中褌《えっちゅうふんどし》を引っ剝《ぺ》がして裸になった。

「待ってろよ、嘉寿哉」

ブルブルッと身震いして変身する。


こちらは上野。

東北方面への玄関口である大停車場は、五年前の震災で駅舎が焼けた。現在は木造の仮駅舎で営業されている。東北本線、常磐《じようばん》線、北陸線、信越《しんえつ》線、両毛《りようもう》、成田《なりた》、上越南《じようえつなん》、奥羽《おうう》……バラックの駅舎を始発とする鉄道が八本もある。

加えて昨年、浅草とのあいだに地下鉄道が開通した。改札は乗車賃一〇銭を入れると自動で開くモダンさだ。

乗り降りの客はますます増えて、大きな風呂敷包みや旅行鞄《かばん》を抱え、あちらへヨロヨロこちらへウロウロする人々でごった返している。

市電が通り、バスが通り、トラックが走る。

そのなかに犬神白峰の姿がある。

高架の山ノ手《やまて》電車と京浜《けいひん》電車を仰ぎ見て、西郷《さいごう》の銅像からはジロと見下ろされそうな場所である。

ガード下の食堂で百目鬼と待ち合わせたが、いつまで経ってもあらわれない。業を煮やして店を出たところで、夕暮れの広小路《ひろこうじ》のほうからバタバタと上がってくるのに会った。

「すみませんねぇ、白峰の旦那。お待たせしちゃって」

汗を拭き拭き目を輝かせながら小走りで来る。

「いえね、いざ目玉を返していただけると思ったら嬉しくて。買い物ついでに建築途中の松坂屋《まつざかや》を見物してきたんです。来月の御大典には工事現場を派手に飾りつけるようですよ」

震災の火事でやられた百貨店も、目下新店舗を建設中である。豪勢な宮殿風が出来上がるそうですよと百目鬼がはしゃぐ。

「まだ少し時間があるでしょう。東京パンか永藤《ながふじ》パンででも休んでいきますか？」

「パンなぞ食わん」

「喫茶店がありますよ。お茶も飲めます」

「食堂の水を二杯も飲んだ。茶もいらん」

「それじゃあ武蔵屋《むさしや》でお汁粉は？　ご眷属の皆さんに東京土産を買わなくてもいいんですか？　永藤の甘食《あましょく》は人気ですよ、いひ」

どこへも寄らないのなら停車場へ向かいますかと、しぶしぶあきらめる。

百目鬼は両手に鞄をぶら下げているが、白峰は手ぶらだ。汽車賃は当たり前のように百目鬼が支払った。

「ようやく秩父へお帰りになれるのに、何だってご機嫌斜めなんです?」

汽車は普通急行の二等に乗る。二時間もかからぬというのに百目鬼は一等に乗りたがった。一等車となるとさすがにナッパ服や着流しというわけにいかないから、白峰が却下した。

二等の切符は一円九〇銭で、急行料金が一円三〇銭。夜の七時に上野を発して熊谷に八時半に着く。秩父鉄道に乗り換え、十時に秩父駅に到着する。

景色を楽しめる昼間がいいと百目鬼はごねたが、着いてからを考えるとやはり夜がいい。汽車を降りて暗い場所まで行ったら、犬神の本性をあらわして山中へ駆け込めばすむ。明るいあいだは山仕事をする人間がある。無愛想な白峰と連れだって長々と山道を歩むのは百目鬼も億劫だ。犬神の背に乗ったほうがずっと楽チンだ。

不機嫌の理由を問われた白峰が眉間に皺を寄せている。

喉の奥でグルルと恐ろしげな音が鳴る。

「折原嘉寿哉だ」

聞こえるか聞こえないかの声で吐き捨てる。いまさら引き返したくないので百目鬼は知らんぷりで急がせる。

「さあさあ、行きましょう。弁当でも買いますか？　それとも車内でボーイから果物でももらいます？」

ホームに上がって二等客車に乗り込んだ。

検札が来るから切符をなくさないでくださいと言われて、白峰は懐を探る。着流しに百目鬼不動産の印半纏を羽織っている。洒落者社長と、そのお付きというこしらえである。お付きのほうが断然態度が偉そうなので、よその客が珍しそうにチラチラとこちらをうかがう。

ふいに白峰が言う。

「狐だ」

蝶ネクタイを直しながら百目鬼が訊く。

「キツネはうどんがいいですか？　それとも蕎麦ですか？」

いったん下りて食べる時間がありそうですよと言われて、白峰が首を振る。

「妖狐だ。臭う」

「あら、そちらの狐？　あたしはちっとも匂いませんが、妖狐の化けたのがそこらにいますか？」

「紙切れだ。折原が持っていた」

切符と一緒に懐から紫色のチラシを取り出した。

いきなり鼻先に押しつけられて百目鬼が「ぎゃっ」と叫ぶ。

「臭《くさ》い臭い！　せっかく米国製のポマードをつけてきたのに鼻が曲がるじゃありませんかっ。何です？　その紙は」

「知らん」

読め、と渡されて百目鬼は嫌々チラシをのぞき込む。

くしゃみを三回したあとに読み上げる。

「〝むらさき仮面舞踏会、開催のお知らせ。来る十月二十一日、当倶楽部に於《お》いてダンスと千里眼の夕べを開催いたします。お招きするのは選《え》りすぐりの会員ばかり。来賓がたも多数ご来臨。長々しき湯島の秋の夜を、情熱的リズムと霊術の神秘に身を委ねてお過ごしください〟……招待状でしょうかねぇ？　二十一日といったら今日ですよ」

湯島なら近くですねぇ、とぼやくところに発車のベルが鳴り渡る。

汽車は盛んに白蒸気を吐き、煙突から煙を上げている。

「察するに、あの折原先生は性懲りもなく妖狐どもに関わるつもりなんですね。今度こそきっと喰われちまいます。猫又が加勢したところで無駄でしょう。多勢に無勢です、ひひひっ」

「猫は妖気が落ちていた」

「ええ、あれじゃまるで猫又の搾りカスです。旦那、こんなことならご自身で召し上がれればよかったのに」

昼のうちに白峰が本郷へ出かけたのは、折原嘉寿哉を始末するためだと、百目鬼は察している。戻って以来むっつりと機嫌が悪いのは、始末し損ねたからだろうと感づいてもいる。

折原嘉寿哉は犬神と人間のあいだの子。

とすると、半分は共食いでも、もう半分は御馳走《ごちそう》ですからねぇ、と。

愉快そうに百目鬼が嗤《わら》うあいだに汽車が動く。

夕闇を劈《つんざ》いて汽笛が響く。

シュ－ッと吐き出す蒸気が靡《なび》く。

見送りのものらが車窓に向かって手を振っている。送りだすのは故郷へ帰る知人だろうか、それとも長旅の身内か。名残惜しさに涙し、ハンカチを振りまわすものもある。

木造駅舎の下から帝都の夜へとゆっくり這いだしていく。

まるで墨を塗った特大の虫螻《むしけら》がするすると行くようである。

街明かりのなかを二十分も這うと次の赤羽《あかばね》に着く。

客が次々乗り込み、シュウッと蒸気の噴き出る音がする。

橙《だいだい》の炉に石炭が焼《く》べられる。

沈黙したきりであった白峰が、すっくと座席から立ち上がる。

「戻る」

「えっ？　何ですって？」

「戻る。案内しろ、百目鬼」

七

浅草の伝法院《でんぼういん》。

大震災に遭っても焼けず倒れずだった本堂が、夜のなかにすっくと建っている。

盛り場の灯りの届かぬあたりに青花潜《あおはなむぐり》色の化け物屋敷も建っている。

一ツ目の目の字と、轆轤首《ろくろくび》の於六がいる。

「目の字ぃ。近々また弐矢ちゃんに会いに行きたいわぁ」

文字通り首を長くして於六がぼやく。

今夜はいっこうに客が来ないので、ランプの火屋《ほや》を拭き拭き目の字が返事をする。

「そうかい？　うん、そうだね。そのうちにまた」

「〝そのうち〟なんて悠長なこと言ってたら、弐矢ちゃんの寿命が尽きちゃうわ。ああして一生懸命に先生に尽くして、健気《けなげ》ったらありゃしない」

見てらんないわと言いながら、しきりに会いにいきたいと言う。筋の通らぬ於六のぼやきに目の字が何となく背を向ける。

「あんまりしょっちゅう出かけていくと弐矢が嫌がるさ。つい一昨日《おととい》、一緒に団子を食ったばかりじゃないか。家主の先生だってうるさく思うだろう？」

「そう？　だったら十日ばかしは我慢しなくっちゃ。おつむのいい目の字の言うことだから、聞いといたほうが間違いないわ。ちぇっ」

於六は舌打ちしてあきらめる。

冷えてきたから縕袍《どてら》を着ようかしらと立ち上がる。

「あたしねぇ、思うのよ。もしも弐矢ちゃんが、あの先生と別れたら……そしたら、あたしと目の字とで、あの子を飼ってやったらどうかしらって。猫又は妖気が尽きるとただの猫になるんでしょ？　玉の井《たまのい》あたりに家でも借りて、ラムネと煙草かなんか売りながらのんびり暮らすのはどうかしら？　猫一匹に、あんたとあたし。粋な姐さんと野暮な男が夫婦になったたって格好よ。小腹がすいたら虫螻でもつまんで気楽にぶらぶら過ごすのよ」

半尺ばかり伸びた於六の白い首を見やって、目の字がすっとんきょうな声を上げた。

「ふっ、夫婦だって？」

「あら、嫌なの？　失礼しちゃう！」

「いや、その……嫌ってわけじゃないさ。ただ何ていうか、急に言われたら驚くじゃないか」

「あーあ、キリンレモンも売りたいわぁ。高いのかしら？　飲んだことはないけど、レモンっていうからには酸っぱいんじゃないかしら？　猫に舐めさせたら何て鳴くかしら？　ねえ、あんた」

憎からず思っている相手に「あんた」などと連れ合いらしく呼ばれて、目の字は目もとをカアッと赤くする。つるりと禿《は》げているので頭のてっぺんまで恥ずかしいくらいに染め上がる。

「困ったなぁ」

ずんぐりむっくりの背中を丸めて、目の字は化け物屋敷に入っていく。

於六に隠していることがある。

「なあ、於六。話があるんだ」

「何よ？」

「実は、弐矢のことだけど……」

湯島では折原嘉寿哉が討ち入りに臨んでいる。

目映《まばゆ》いホールに化け物が集い会っている。

海坊主、青女房、座敷童。鬼女《きじょ》もあれば男の鬼もある。

犬妖怪に、猫妖怪。分福茶釜《ぶんぶくちゃがま》の狸《たぬき》がいて、狐もいる。

狐は大勢である。一匹残らず女狐だ。

嘉寿哉は真っ白いのっぺらぼうの仮面を着ける。

レコードがかかって、すでに舞踏会ははじまっている。化け物紳士と化け物淑女が仲睦《むつ》まじくステップを踏んでいる。

倶楽部会員のうちでも選りすぐりの客と、彼らの紹介で招かれた上流人ばかりなので、ご婦人方のドレスは格別上等、宝飾品の煌《きら》めきは夜空の星と見紛《みまが》うほどである。

紳士の靴もピカピカと光る。

連れだって訪れたものは互いの正体を知るが、別々に来た客は仮面の下をあれこれと想像する。

「あちらの大入道は、某銀行の頭取に背格好が似ておいでだわ」

「ピンク色をお召しの鬼婆は、たぶん侯爵家のご令嬢」

「やあ、あそこで軽快に踊っているのは僕のテニス仲間に違いない。学習院《がくしゅういん》の同窓だよ」

知り人であっても気づかぬフリで、化け物ダンスを申し込む。

「一曲お願いできませんか、座敷童嬢」

「あら、お相手させていただきますわ。青鬼さん」

狐面のダンス教師があいだを縫ってくるくると世話を焼く。何やら手渡してまわっている。

「こちらをどうぞ。ダンス上達のお守りです」

守り袋だ。紫の金襴地《きんらんじ》に唐打《からう》ち紐《ひも》を結わえた印籠形で、以前どこぞのカフェでも配っていたものだ。

黄金色のドレスの主任教師がしずしずと出る。偉そうに手下の狐教師に目配せをする。

主任教師のうしろに妖艶な〝プリンス〟が控えている。

狐の目もとに、真紅のくちびる。

色香を放つ燕尾服。

一目見て嘉寿哉は思い出した。

……あれは〝姫〟だ。

秘密の舞踏場『むらさき倶楽部』は、御茶ノ水の催眠カフェ『みゃうぶ』が装いを変えたものだ。鬱金という女給頭がいまはダンス教師の主任を務め、白エプロンの女給らがモダンドレスに身を包んで、舞踏上達守りを配るに違いない。

いまだに〝姫〟は囚われ、騙され、利用されている。

……鴨井夫人ともども救出しなくては。

決意するところに霊術家が登場した。

「ようこその佳き日にお集まりくださいました。神秘華霊会導師、御厨薔薇です」

美貌のダビデがタキシードをまとって洒落込んでいる。

足もとは草履でなくピカリと磨き立てた革靴だ。長髪をすっきり撫でつけて洋装を着込むと、素っ裸のイスラエル王の彫像よりも、アラビアの族長に扮《ふん》した米国俳優に似ている。二年前に死んだルドルフ・ヴァレンチノである。

芝居がかった身ぶりで霊術家が演説する。

「皆さん、ステップを踏む足を一時休めてお聞きください。今宵こうして集われたのは、実に数奇なる縁に導かれてのことなのです。あらためて申し述べるまでもなく、ここにお集まりいただくのは賓客の方々。下流の民草には決して知り得ぬ神秘世界について、つぶさに見聞きする権利をお持ちの恵まれた皆様です」

特権的上流階級なのですと煽《おだ》てると、客たちが満足そうにうなずいている。

「さて、ご存じのとおり西洋諸国では心霊主義なるものがおおいに流行りました。社交界においては、紳士淑女の集うサロンで盛んに交霊会なる催しが開かれたのです。ところが我が日本国では情けなくもこの方面に後《おく》れを取り、古臭い口寄《くちよ》せだの眉唾の神憑《かみがか》りだのがいまだにもてはやされる始末。まさかそのような見世物を社交界に持ち込むわけにはいきません。溝鼠《どぶねずみ》を食らう野良猫を宮中に上げるも同然です。そこで今宵はこの御厨薔薇が、皆さんの階級にふさわしい神秘の術をご覧に入れましょう。単なる西洋の猿真似《さるまね》ではありません。我が国の貴顕紳士、貴婦人こそ嗜むべき、深遠玄妙にして新奇なる秘術！」

神秘華霊術の奥義をとくとご覧ください、とバリトンの美声を張り上げた。

堂々たるそぶりで化け物たちを睥睨《へいげい》する。

和製ヴァレンチノの流し目に、青女房が、座敷童が、鬼女が、たちまち魅了されている。

御厨はサッと手を出して燕尾服の教師を招く。

「こちらは紫夜《しや》くん。当倶楽部一流の舞踏教師ですが、何を隠そう一流の能力者でもあるのです」

軽いステップですすみ出て「フフ」と嗤うのは、半分の狐面で目もとを隠した紫夜である。美貌をすっかり明かさずとも、人を虜《とりこ》にするには白磁の頬と真紅のくちびるだけで十分である。

化け物たちが顔を見合わせ「能力者とは何かしら？」と囁《ささや》き合う。

「彼の能力とはすなわち千里眼です」

もったいぶった口調で御厨が告げた。

「千里眼とは、鋭くものを見通す不可思議な力です。〝舞踏の先生なんかが霊力を？〟とお疑いかもしれません。しかし思い出していただきたい。そもそも舞踏とは神の領域の技術です。天鈿女命《あめのうずめのみこと》は快活豊満なる舞踊によって天照大神《あまてらすおおみかみ》の不興を取り除きました。古来、祭礼では神楽《かぐら》が舞われ、神意をうかがう場でも巫女《みこ》や尸童《よりまし》が無我の境地に入って踊ることしばしば。かように舞踏と神霊とは近しい間柄なので、この紫夜くんに千里眼という神力が宿るのは、神秘術の立場からすればごく当たり前のことなのです」

ダビデ改めヴァレンチノが弁舌巧みに化け物たちを説き伏せる。

「百聞は一見にしかず。論より証拠。これより紫夜くんの奇《く》しき力をご覧いただきましょう。まずは、そこにおいでの雪女嬢、いざこちらへ」

突然の呼び出しに雪女が「まあ、どうしましょう」と狼狽《うろた》える。

「わたくし、何をすればいいんです？」

「神秘華霊術による千里眼発現にご協力いただきたい。紫夜くんの霊眼によって、あなたの秘密を見通してしんぜよう。さあ間近へどうぞ。深呼吸をして、彼の目を見て、身も心も彼に委ねるつもりで」

歩み寄る雪女を紫夜が、す、と引き寄せる。

「おいで、見通してあげる」

甘く囁くと、とたんに雪女の体がくらりと揺れる。

すかさずヴァレンチノが気合いを発する。

「きえぇいっ。開け、千里眼！」

洋装なので数珠は取り出さない。代わりに手刀《しゅとう》でもって空を切る。

紫夜の眼力に当てられ、朦朧《もうろう》となって雪女がゆらゆらする。

曜変天目《ようへんてんもく》の瞳が獲物を操る。

「見えるよ……おまえの正体が見える。僕の目には、絹のドレスを脱いだ内側までがすっかり映ってる。何て恥ずかしいんだろう」

御厨が紫夜に近づき一言二言交わす。

「皆さん！　紫夜くんが早速、仮面に隠された雪女嬢の正体を見破りました。とある警察署において責任ある役職に就いておいでのかたのお身内とのことです」

見守る化け物のなかから「まあっ」と驚く声がする。

雪女の連れと思しき鬼女である。ただでさえ恐ろしげな見た目だが、婦人にしては大柄なので余計に目立っている。

体を揺らしつづける雪女を、紫夜が意地悪く責める。

「僕が秘密をばらしてあげようか？　それとも自分の口から告白する？」

「いけません……やめて。夫に知れたら大変……」

「仮面で隠しているから平気さ。誰にもわかりやしない。洗いざらい話して楽になったらいいよ」

「……秘密にするって、約束したんです」

ずばりと指摘されて雪女が首筋と耳たぶを真っ赤に染めた。

「フン、男だね！」

御厨薔薇が勝ち誇る。

「そこまでだ、紫夜くん。雪女嬢の体面に関わる重大問題ですので、これ以上の暴露は控えましょう。これより神秘華霊術によって未来を予知し、不倫問題解決について助言を差し上げます。ううぅむむむ、ええぃ！　いまより二ヶ月以内に関係を清算し、以後乱倫を謹んで清らかな家庭生活を守るべし。さもなければ遠からず秘密は公となり、ご自身のみならず夫君の職務にまでも深刻な影響が及ぶでしょう。千里を見通す霊眼と神秘華霊術の霊験とをよくよく信じるように。さて、お次は男性に手伝いのお願いを。大入道氏、こちらへ出てきてください」

ヴァレンチノに指名された大入道が「弱ったな」と頭を掻き掻き歩みだす。

そこへ勢いよく嘉寿哉は躍り出た。

「待ってください！」

シャンデリアの灯りを弾き、真っ白い仮面がピカリと輝いた。

三つ揃いでめかしたのっぺらぼうだ。秘かに様子を見張っていたが、いよいよ黙っておれず、いまが好機と意を決したのだ。

ホールのあちこちから狐面が鋭く睨んだ。

つかつか歩んで嘉寿哉は御厨薔薇のまえに出る。

一人だけ直面《ひためん》の霊術家が、銀幕のスターよろしく気取った視線をよこした。

「何かね、のっぺらぼう氏」

横柄な態度だ。

嘉寿哉は少しも怯《ひる》まず胸を張り、サッとおのれの仮面を取り去った。

「僕を覚えていますか？　折原嘉寿哉です」

正体を明かすと、御厨が片眉を上げて苦笑した。

「さて、どこかで会ったかな？　のっぺらぼうだから顔がわからなくて当然だ」

どうやら非会員が紛れ込んだようです、と客たちに向かって説明した。

狐面たちがいっせいに近寄った。

嘉寿哉は構わず声を張り上げる。

「皆さんに忠告します！　この倶楽部は通常の舞踏教室ではありません。催眠術をみだりに用いて人に危険を及ぼす、悪質な団体である可能性があります。ただちに仮面を脱いで、ご自宅にお帰りになることをすすめます。申し遅れましたが、僕は変態心理学という分野を研究するものです」

一気に告げると、客が「まあ」と驚くものと「けしからん」と怒りだすものに分かれた。

主任教師がするするとまえに出るのを、御厨薔薇が手を挙げて遮った。

「聞き捨てならない侮辱だ、のっぺらぼう学士。君はもしや流行りのマルクスにでもかぶれて、上流階級や日本古来の宗教を頭から否定しようというのではないかな？　さもなければ勉強のしすぎで神経が参ったか。いずれにせよ不法侵入の罪で警察に突き出されないうちに早々に退散したまえ」

舞踏会の邪魔だ。

出ていけ、と言われて嘉寿哉は真っ向から勝負を挑む。

「警察にお世話になる可能性があるのは、むしろそちらです。皆さん、ご説明しましょう。いま見せられた千里眼とやらは、まったく千里眼とは言えない代物です。〝誘導尋問〟もしくは〝心理操作〟と称するべき、まったくのまやかしに違いありません。そもそも千里眼とはおもに三種の能力に区別されます。一つ目は、不透明な箱や封筒のなかにカルタや物品などを隠して、これを見通す透視。古くは射覆術《せきふじゅつ》などと呼ばれた超常能力です。二つ目は空間的遠隔視。遠く離れた場所で起きたことを察知する、いわゆる天眼通《てんがんつう》。三つ目は、時間を越えて不可知であるはずの未来を予知する予言です。さて、先ほど皆さんに対し披露された術を、あらためて振り返ってください。千里眼の持ち主であるはずの舞踏の先生は、三種の能力のうちの一つも見せてはいません。雪女の仮面のご婦人の秘密を、一つも暴きはしませんでした。おわかりでしょうか？」

いささかも臆さぬのっぺらぼう学士の発言に、前列の大入道氏が「どういうことかね？」と質問する。

嘉寿哉は理路整然と返答する。

「もしも彼が本当に雪女夫人の秘めたる心を見通したとすれば、その力は千里眼ではなく精神感応、思想伝達と分類されるべき変態能力です。英語ではテレパシ、ソートトランスファレンスといいます。しかし、そのいずれの力をも彼は発揮しませんでした。あれは巧みに行われた読心術、並びに話術でした。つまり、雪女夫人がみずから秘密を告白するよう、舞踏の先生とこちらの霊術家とが結託して唆《そそのか》したにすぎません」

よくよく思い出してください、と嘉寿哉は促す。

突然の指名を受けて緊張状態にある雪女夫人に対し〝正体が見える〟などと舞踏教師が脅迫をした。

夫人は口をすべらせ〝夫に知れたら大変〟と告白する。

そこでもう秘密はおおかた不倫であろうと察しがつく。

「十中八九間違いないと推理して〝男だね〟と問いかけたわけです。夫人が赤面したので、霊術家が自信を持ってとどめを刺しました。ちなみに〝神秘華霊術による予知〟と言いましたが〝不倫関係を清算しないと遠からず大変なことになる〟とは、あまりにおおざっぱな予見であり、超常能力と断定するのは適当でありません。心理的圧迫を用いた道徳的指導と言ったほうが当てはまると思います」

きっぱりと嘉寿哉は言い切った。

大入道氏が「なるほど」とうなずくと、となりの海坊主もつられて「ほほう」と言う。

御厨薔薇がヴァレンチノの顔を初めて歪めた。

嘉寿哉は休まず畳みかける。

「皆さんは平常時であれば、まずこのような詐欺行為に惑わされはしないでしょう。賢明なかたがたの心の隙を突く仕掛けが、実は施されているのです。一つは、今夜が特別な舞踏会であるという心理的興奮です。ダンスの直後であれば血圧上昇、心悸亢進《しんきこうしん》の症状があらわれ、気分が高揚し、積極的となり、提案される物事に対して前向きになりがちなのです。また仮面による変身が普段とは異なる気分を引き出します。日ごろ消極的で慎重な人間をも、明朗快活、大胆に変えるのです。さらに、いま着けておられる仮面を確かめてみてください。裏側は真っ黒に塗られて、ぴたりと顔を覆う形です。目の穴は極端に小さく、まるでのぞき穴から外界を見るようです。視野を狭めることにより、正常な思考を妨げる装置です。先ほど霊術家が言いました……今夜行われるのは、古くさい見世物とは異なる術だと。西洋の猿真似ではない新奇な秘術であると。しかし僕が目撃したのはまさに、いまもって見世物小屋に行われる〝のぞき〟の手法でした。人間の感覚を制限して思考力を鈍磨させ、いたずらに興奮させ、錯覚に陥らせて騙そうという古くからの常套《じょうとう》手段。千里眼でも精神感応でもない、催眠術を応用した人心操作です！」

騙されてはいけません、と。

力を込めて嘉寿哉は言い放つ。

妖怪紳士、化け物淑女らが動揺する。

御厨薔薇が「チッ」と舌打ちした。

そこへ鬱金がすすみ出た。

「姫様《ひいさま》、頃合いです」

糾弾されているというのに、やけに落ち着き払っている。

燕尾服の舞踏教師は先ほどから口もとに笑みを浮かべている。鮮やかな紅を差したようにに目を射るそのくちびるが、

〝待っていたよ〟

そう動くのを嘉寿哉は見た。

いきなりジャズが鳴りだした。

ハッと見ると、狐面の手下がレコードをかけている。

目いっぱいの大音量である。

客たちがいっせいに驚いた。

そこで紫夜が仮面を脱いだ。

美しい顔が陰惨に嗤い、曜変天目の瞳がギラリと輝いた。

「言うことを聞け！」

ジャズを弾き飛ばして命令した。

とたんに「あっ」と悲鳴を上げて雪女が昏倒《こんとう》する。

大入道が胸を押さえてよろめいた。

青女房が「あぁ」と嘆息してくずおれる。

猫又も、犬神も、座敷童も、海坊主も、皆々どこか射貫《いぬ》かれたかのようにフラフラと脱力した。

陽気なリズムのなか、化け物たちがダンスホールに横たわる。

和製ヴァレンチノもタキシードでうつ伏せる。

狐面のほかは嘉寿哉ただ一人が起立している。

「これは、どういう、ことだろう？」

もしや毒ガス？

否、集団催眠か。

霊術家との対決に固執している場合ではない。斯波刑事たちを呼ぼうと、嘉寿哉は懐に入れたホイッスルを取り出そうとする。

そこに紫夜が命じた。

「踊れ！　起きて踊って！　さあっ」

すると失神していた化け物たちが次々と立ち上がった。

フラフラのろのろと緩慢な動作でペアを組む。

あぶれた客の面倒は狐面たちが見る。

フォックストロットと思しきダンスを踊りだす。

宙を踏むステップ。

転びそうなターン。

へっぴり腰だったり千鳥足だったりで、ダンスというより下手《へた》くそな柔術の組み手のようだ。

そこへ嘉寿哉は一人で放り込まれている。

妖怪ダンスが周囲をぐるりと取り囲む。

籠目《かごめ》籠目のなかを、燕尾服の紫夜がまっすぐに来た。

「会いたかったよ、ともだち」

すべるような足どりで来て、ぴたりと寄る。

「おまえのことばかり考えていた。あれから、ずっと」

重瞳《ちょうどう》でジイッと見る。

暗黒の宇宙に妖しい星が散っている。

磁器人形《ビスクドール》の冷たい麗しさ。

青白い肌のなめらかなこと、つややかなこと。

漆黒の髪に搦《から》め捕られて死にたいと、あらぬ妄想に取り憑《つ》かれそうだ。

小さな踵《かかと》に意地悪く踏まれたい。

細い指に突き殺されたら幸福そうだなどと、うっかり血迷い、男も女もたちまち虜となる。

そんな〝紫夜姫〟が嘉寿哉に迫る。

「どう？　僕が恋しかっただろう？」

後退りしながら嘉寿哉は答える。

「僕は心配でした。君のことが」

「心配？　どういう意味？」

「つまり、いまだに悪人に利用されているのではないかという懸念です。催眠術によって騙され、犯罪集団の頭目的立場に祭り上げられていはしないかと心配していました。まさに危惧していたとおりでした。今日こそ呪縛から逃れるチャンスです。姫……君は、実の名前を何といいますか？」

「僕は紫夜だ」

「紫夜くん。僕は嘉寿哉です。さあ、いまから警察を呼びます。一緒に逃げましょう」

手を取ろうとしたが、すいっと逃げられた。

「逃げる？　逃げはしないよ。僕がおまえを捕まえるんだ。僕が鬼で、ともだちが餌だ。言いつけるのは僕で、従うのはおまえだ」

ぐっ、と思わぬ力で抱き締められて、以前無理やり接吻《せっぷん》されたことを嘉寿哉は思い出す。

「いけません、紫夜くん。君と僕とが友達ならば、これは友人同士ですることではありません。恋人同士で行う場合も、言いつけたり従ったりするのは間違いです」

くちびるを寄せつつ紫夜が憤慨する。

「どうして！　好きなのにっ。おまえも僕のことが好きだろう？　好きなら口を吸うんだ。ねえ、鬱金！」

「おっしゃるとおりでございますとも、姫様」

恭しく答えるのは黄金色のドレスの主任舞踏教師。神田川沿いのカフェでは女給頭であった鬱金だ。

狐面たちがいつの間にやら集っている。

女狐の群れの外側を百鬼夜行がぞろぞろ巡る。ペアがほどけてまるで盆踊りのようになっている。

遅まきながら嘉寿哉は万事休すであると悟る。

「いったい、あなたがたは……あなたがたの目的は何ですかっ」

がば、と紫夜に襲われ、もがきながらも詰問した。

鬱金がのけぞって「おほほ」と高笑いした。

「下郎め、よく聞きなさい。我らが企図するは日本国の支配です。紫夜姫さまは近く九重のうちへとおすすみになり、いと高き御方の御子をば宿されるのです。我が眷属の血は大和国《やまとのくに》の頂へと注がれ、人間どもはことごとく我らのまえに跪《ひざまず》く。見るがいい、変成男子に魅入られ、腑《ふ》抜《ぬ》けとなった様を。これが日本国の未来だ！」

正体なく虚《うつ》ろに踊りつづける有様を見よと、鬱金が嗤う。

それぞれ違う顔をしながら同じ踊りをそろって踊る。

ぼんやりとうつむき、狭いところをただぐるぐると巡る。

〝おそろいだ。

安心だ。

新しくて厄介なことは面倒だ。

誰かの言いなりになって薄らぼんやり幸せであればいい〟

「理解不能です。妄想の疑いがあります。紫夜くん、一緒に……」

腕を振り解いて逃走を促すところで、鬱金がブルブルッと体を震わせるのを見た。

「あっ」

嘉寿哉は驚嘆に目を瞠《みは》る。

激しく身震いした鬱金が、顔を覆う狐面をかなぐり捨てた。

不思議なことに狐面を取り去っても狐目だ。瞳が金色に燃えている。

女の口がキリキリと耳まで裂けて、鼻が迫《せ》り出し、白かった肌がみるみるうちに黄色に変じた。

黄金色のドレスが音を立てて破ける。

裸身があらわれるかと思いきや、獣毛に覆われた体躯《たいく》が出現する。

目の当たりにする奇怪な変身に、嘉寿哉はただただ喘《あえ》ぐばかりだ。

どうしたことだ？

自分は気がおかしくなったのか？

夢？　妄想？

犯罪に対する憤懣《ふんまん》が高ずるあまり、脳が混乱を来したか？

「あっ、あっ……」

見たこともない獣だ。

五尺を超す大狐。まさに妖獣だ。

爛々《らんらん》と眼《まなこ》を燃やし、真っ赤な舌を吐くそれが、驚くべきことに人語を発した。

「黄蘗《きはだ》！　柑子《こうじ》！　朽葉《くちば》！　山吹《やまぶき》！　皆々かかれ！　折原嘉寿哉を血祭りに上げて、我らが姫様への供物とせよっ」

狐面の舞踏教師らが同じく身震いして次々に変化した。

嘉寿哉は正気を保てない。

悲鳴を上げて転倒する。

転倒の弾みにポケットからホイッスルが飛び出て、コロコロと遠くへ転がってしまう。

人間たちは盆踊りをつづけている。

ガブッ、と妖獣の牙が嘉寿哉の腕に食い入った。

「あ……たっ、助けてください。誰か……弐矢！」

八

斯波刑事は大山刑事を連れて『むらさき倶楽部』のおもてに詰めている。

「合図はまだか。遅いな」

街灯に寄って時計を確かめる。

折原学士からの〝突入してよし〟の知らせが遅れている。特別の事情が生じなければ、倶楽部に入って一時間以内にはホイッスルを鳴らすと打ち合わせてあった。

大山刑事も庭の奥をうかがう。案内嬢はすでに引っ込んで、陽気なリズムがかすかに聞こえるばかりである。

「霊術家を論破すると言っていたんでしょう？　学者先生はたいてい長話ですから時間がかかるんです。急いては事を仕損じます。待ちましょう」

じりじり焦《じ》れて斯波は夜空を仰ぐ。

曇りで暗い晩である。

何かぼんやりと光るものが宙を飛ぶのが見えた。

「おい、大山。あれは何だ？」

流れ星か？　と後輩に確かめる。

指さす方角を大山も仰ぐ。

「違うでしょう。流れ星ならもうちょっとスッと走りますよ。飛行機でもなさそうです」

「軍の新兵器か？　大陸のほうが不穏なご時世だ」

「兵器にしちゃあ頼りない様子です」

「鬼火か？」

「帝都ですよ、ここは」

田舎の田んぼじゃないですよと、若い大山は取り合わない。

しかし謎の飛行物体は、斯波刑事の目には鬼火のように映る。

青白く、炎のように揺らぎながら燃えて飛ぶ。

浅草のほうから来る。

柔道で鍛えた体がふいにブルッと得体の知れない不安に震えた。

視線を地上に戻して歯嚙《はが》みする。

「くそっ、遅い！」

刑事二名の頭上を越えていくのは、鬼火でなく鳥妖怪の青鷺火だ。

斯波刑事の観察どおり浅草方面から飛来した。

日暮れにのそりと本郷西片異香庵の椎の洞《うろ》を出て、のんびり夜間飛行を楽しんだ。

そのうち小腹がすいたので、隅田川を越えて虫螻《むしけら》を喰いにいくか、それともたまには鼠か猫かをつまもうかと襤褸《ぼろ》羽を羽ばたかせたところで、格好の獲物が目についた。

花屋敷の脇の闇をピュウと抜け、本願寺の裏を必死に駆けている。

猫だ。

ちっぽけな黒いのだ。

あれを喰おうと舞い降りたところで同類の顔見知りだと気がついた。

〝こんなところで何をやらかしておいでです？〟

声をかけたとたんに問答無用で、ピョーンと飛びつかれた。

「運んでくれ、青鷺火！」

やれやれ高くつきますよと断り、くわえてやった。

上野の停車場を越え、不忍池《しのばずのいけ》を越えて、湯島まで。

ばさ、ばさ、ばさ、と飛んで「あそこだ」という館めがけてスウッと舞い降りた。

パッとくちばしを開いて吐き落とす。

落ちた黒猫はくるんと宙返りで着地した。
弐矢だ。
浅草警察署の留置場から脱走した。猫に変じて格子窓をくぐって逃げたのだ。
青鷺火に礼も言わずに館を見た。
濛々《もうもう》と妖気が漂っている。
……嘉寿哉！
ピンと耳を立てるところに声が聞こえた。
〝助けてください……弐矢！〟
ちっぽけな体のなかで歓喜と憤怒《ふんぬ》が爆発した。
そこそこ長く生きてきたが、こんなたいそうな気持ちは初めてだ。
チカを喰ったときより強烈だ。
衝撃に弐矢は身震いした。
「待ってろ、嘉寿哉。いま行くぜ！」
妖狐への恐れも、妖気不足も、何もかもが木っ端微塵《こっぱみじん》に吹き飛んだ。
ブルルルッと全身を震うと、溜《た》め込んであった力をいっぺんに解き放つ。
クワッと牙を剝き、シャアッと吼《ほ》えて、体をぐんとふくらませた。
メリメリと音を立てて四肢を伸ばす。銀の鉤爪《かぎづめ》が鋭く尖る。

毛並みがギラリと妖しくつやめき、背も腰も大きく盛り上がる。
両眼が自動車の頭燈《ヘッドライト》のように輝いて、瞳孔がキュウッと窄《すぼ》まり鋭い針になる。
黒光りする猫又だ。
人より大きな化け猫だ。
ビイィンと突っ立てる尻尾《しっぽ》は二股で、まるで獅子《しし》のように「ゴウッ」と咆吼《ほうこう》した。
「嘉寿哉！」
人語で叫んで地を蹴った。
バルコニーへ跳んで、ガシャン！　と硝子扉をぶち破る。
化け物仮面が集っている。
盆踊りの輪を蹴散らかして弐矢は飛び込んだ。
妖狐どもの群れがある。
真ん中に白肌の人間が二人ある。
抱き合い、もつれ合っている。
ふわりと銀木犀《ぎんもくせい》が漂った。
嘉寿哉だ、と弐矢は感づいた。
気を失うと得も言われぬ芳香を発するのだ。
清らかで、甘くて、とろんと幸せになる香りだ。

……こいつを嗅いだら蕩《とろ》けちまう。

見ると妖狐どもがすでに酔っ払ったようになっている。こぞってすり寄る狐妖怪に囲まれて、妖艶な乙女が嘉寿哉に絡みついている。

素裸の美少女だ。

燕尾服は脱ぎ捨てた。

脱がれた白と黒とが狐どもの脚に踏みにじられている。

嘉寿哉は半裸だ。美少女の手が紺サージを引っ剝《ぺ》がした。

ぐったりと力を失う嘉寿哉を美少女が口説く。

「ああ、好きだ、僕のともだち。僕に抱かれて。僕を抱いて」

「う……ぅ」

「服が邪魔だ。鬱金、鬱金！　さっさと裸にして。僕はこいつが欲しい。九重も霊術も日本国もどうでもいいっ。早く、早く！」

青竹に白蛇が巻きつくようにして美少女が身悶《みもだ》える。

紫夜である。少年から不思議な変身を遂げて少女の姿となっている。あえかな乳房《ちぶさ》と真白い脛《はぎ》とで意識不明の嘉寿哉に迫る。

そのうちに嘉寿哉がうっすら目を開ける。

瞳は焦点を失い、ぼうっと煙っている。

煙った奥に、ひやりと氷色の火が灯《とも》る。

「と……も、だ……ち？」

途切れ途切れにつぶやき、紫夜に吸い寄せられた。

互いを抱え込むようにしながら口づける。

激しく、繰り返し接吻する。

紫夜が歓《よろこ》びにわなないて、

「ああ、そうだよ、ともだちさ！　僕たちだけで行こう。二人でずっとこうしよう。人間なんか殺せばいい。狐も残らず死んでしまえ」

夢中で抱き合う二人を、狐色越しに弐矢は見る。

……いい匂いだ。幸せだ。チカに抱かれてるみたいだ。

誰かと誰かがもつれている。

……ありゃあ誰だっけ？

チカか？

違う。チカは自分が喰った。

よく似ているが別人だ。

くっつく二人のそばに何かが落ちている。

眼鏡だ。銀色の縁の華奢なやつだ。

白くて細い指が、あれの鼻当てのところをちょっと押し上げるのが好きなのだ。そうして前置きしてから小難しい理屈を延々と述べるのだ。

呪文。いや、子守歌。

意味なぞわからないが聞いてるとやけに心地がいい。聞きながら眠りに落ちて、そのままうっかり昇天してもいい。

ああ、思い出した。

あれはチカでなく折原嘉寿哉だ。

変態心理学を学ぶ生真面目な若者だ。

わかった。いつの間にやらチカではなく嘉寿哉のことが好きなんだ。

喰っちまいたいくらい好きだと思っていたのが、喰ったらなくなるから嫌だと思うようになった。

化け物失格だ。これじゃあ人間そっくりだ。

「あぁ……ああっ、好きだよ、ともだち！」

快楽に引き攣《つ》る脚を、そのとき妖狐鬱金がガブとくわえた。

カッと怒って紫夜が跳ね起きた。

「邪魔するな！　化け物！」

鬱金の眉間を思うさま蹴りつけた。

隙を突いて弐矢は飛びかかり、

「嘉寿哉を返せ！」

素裸の乙女を蹴転ばし、脱げかけのシャツをくわえて嘉寿哉を奪還した。

奪い返した拍子に、ゴツンと嘉寿哉の頭が壁にぶつかった。

酩酊《めいてい》状態の妖狐どもがハッといっせいに覚醒する。

「おのれ、猫又！」

ブルンと総身を振るって妖狐鬱金が襲いかかる。

弐矢は嘉寿哉を壁際に押しやり、ダンスフロアを蹴って迎え撃つ。

双方牙を剥き、爪を尖らせて、ガッと組みついた。

「シャーッ」

どちらのものともわからぬ叫びが、軽快なジャズの音色を突き破る。

姉狐につづけと妖狐どもが八方から迫り来る。

尾を咬《か》まれ、背を引っ掻かれ、脚に食いつかれ、脇腹を蹴られる。

二十年余り前に妖狐に襲われたときは、さんざん鳴いた。痛くて、怖くて、情けなくて、ヒイヒイ逃げ惑った。

今夜の弐矢は鳴かない。怯まず向かっていく。

……嘉寿哉のためだ。俺が守るんだ。負けたらやつらに喰われちまう！

飛びかかるのを払いのける。

ガブリと咬むのを振りほどく。

ザックリ傷つけるやつを蹴り飛ばす。

シャンデリアの透明硝子がゆらゆら揺れている。

人間どもは踊りに現《うつつ》を抜かしている。

桜材だか、それとも楢材《ならざい》だか。舞踏場の床が華々しく血飛沫《ちしぶき》に濡《ぬ》れていく。

いつの間にか少年姿に戻った紫夜姫が、キリキリ悔しい顔で蓄音機に寄っている。

嘉寿哉は昏倒したまま目を覚まさない。ぐたりと壁際で横たわる。

「柑子、襟首を狙え！　黄櫱と朽葉は脚を咬みちぎれ！」

鬱金が憎々しげに吐き捨てた。

弐矢は満身創痍《まんしんそうい》で血だらけだ。

漆黒の毛は汚れ、あちこち裂けて、見るも無惨な有様だ。

いっせいに飛びかかられ、寄ってたかって咬みつかれ、首根っこと喉笛の急所を上下から同時にガブッとやられ、

「ニャアアァ」

ついに妖気が尽き果てた。

……ちきしょう、嘉寿哉ぁ。

悔しい。

これきり別れたとしても、せめて役に立って死ねたらいいと駆けつけたのだ。

身の毛もよだつ化け物が実は弐矢だとわかってもらえなくとも、最後に笑顔が見られたらいいと期待した。

なろうことなら一目なりとも無事な姿を確かめて、

『よかった。これで思い残すことは一つもありゃしない』

そんなふうに幸せな気分で倒れたかった。

鬼婆と青女房につづけざまに蹴られてコロコロ転がり、ちっぽけな黒猫に戻ったと悟る。

転がる先に倒れたままの嘉寿哉がいる。

「嘉寿哉ぁ、死ぬなよぅ、逃げてくれよぅ」

獣姿で人語を吐くには妖気を使う。息切れしてフラフラだが呼びかける。

とどめを刺そうと妖狐どもが殺到する。

盾になって防ごうと体を丸め、牙を剝いて「フーッ」と威嚇するところを殴られた。

「ギャッ」

ほっぺたを裂かれて片目が潰れる。

駄目だ。一巻の終わりだ。やつらが猫一匹を喰うあいだに何とか嘉寿哉を逃がせないものか……。

そこへ恐ろしい唸りを上げて何かが飛び込んできた。

「ゴオオゥッ」

天井のシャンデリアが弾け落ち、ガシャーッと床で砕けた。

驚いて弐矢は目を上げる。痛くて開けられないのを無理にこじ開ける。

目のまえに氷山が立っている。

よくよく見ると氷山ではなく獣の背だ。

狼妖怪だ。

白峰だ。

無愛想な〝兄ぃ〟が助けにきたのだ。

白銀の妖気を噴き上げる七尺の犬神が、冴《さ》え冴《ざ》えと青い眼で狐どもを退ける。

くそぅ、とこの期に及んで嫉妬を燃やし、それから弐矢は感謝した。

あとからつづけて殴り込みをかけるものがある。

バルコニーを抜けてドドッと暴れ込む。

「弐矢ちゃん！」

「弐矢っ」

於六に目の字だ。浅草から加勢に来てくれたのだ。「遅いよ」と憎まれ口をききたかったが、顎が砕けたらしく口が動かない。

ビリビリと窓硝子を震わせて犬神が吼え、飛びかかる妖狐らを片端から打ちのめした。於六が一丈《じょう》も伸ばした首をぶるんぶるんと回転させて、柑子、山吹、黄蘗の順に叩き払う。

乱闘のとばっちりを受けて人間たちがバタバタと倒れ伏す。

タキシードもモダンドレスもめちゃくちゃだ。

混乱のなか、目の字が助けに寄ってきた。

「ああ、弐矢、遅くなってごめん。悪かった」

詫びながら起こしてくれるが、死ぬなら嘉寿哉の腕のなかがいいと弐矢は不満に思う。と、

「うう、ん」

嘉寿哉が身じろぎして呻《うめ》いた。

……生きてた！

よかったと弐矢は心底安堵《あんど》した。

フロアでは人外《じんがい》の化け物が入り乱れて争っている。

朦朧とするあいだに避難させせようと気を利かせた目の字が、片手に弐矢を抱きつつ嘉

寿哉を助け起こす。

そこへ紫夜が執念深く割り込んだ。

「どけ！」

体当たりで目の字を突き飛ばす。

上半身は少年で、腹から下が黄金色の毛に覆われている。

半人半妖。尻に狐の尻尾が生えていた。

炯々《けいけい》と重瞳《ちょうどう》を光らせて、

「僕のものだ。渡さない。一緒に行こう」

取りすがられた嘉寿哉は、わけのわからぬまま振り解き、

「け、警察……合図を……」

床を這いずって何かを探す。

シャンデリアが落ちたのであたりが暗い。どうにか見つけようと目をこすり、しきりに頭を振る。

目の字とともに突き飛ばされた弐矢は、べしゃっと床に落ちている。

満身創痍で息も絶え絶え。

最後に一目だけ嘉寿哉が見たいと未練がましく目を開けた。

すると銀色に光る何かが落ちている。

警察署の取り調べ室で、猪首の刑事が言っていたのを思い出す。

『折原学士のことなら俺にまかせておけ。協力の相談はきっちりできている。ホイッスルを吹けば我々が悪人どもを一網打尽にする』

不良上がりの下男は出番がないと小馬鹿にされて、向かっ腹が立った。

……へへっ、まだ出番があった。

目のまえにあるのは笛だ。

刑事の言ったホイッスルだ。

最後の力を振り絞ってあれを一吹きしたら、きっと霞《かすみ》か霧のように消えておさらばだ。

離れたところで嘉寿哉が「弐矢」と呼んだ気がする。

レコードの終わりがちょうど来る。

ピリリリリ、とホイッスルを吹き鳴らした。

合図はまだかと業を煮やし、バルコニーのすぐ外まで来ていた斯波刑事と大山刑事が、拳銃を手に舞踏場へと躍り込む。

小春日人外ロマン

トントントンと包丁を使う音がする。

ぐつぐつと小鍋に汁が煮えている。

早くに起きて書斎で読書をしていた嘉寿哉《かずや》は、かじかんだ手を擦《す》り合わせつつ廊下を歩んで居間に向かう。

冬である。昨晩はちらほらと今年初めての雪が舞っていた。

居間は綺麗《きれい》に片づいている。

火鉢に炭が熾《おこ》され、卓袱台《ちゃぶだい》のまわりが温められている。

卓袱台には箸が出ていて食事の支度がされている。

箸の横に、朝刊と郵便物が置いてある。

嘉寿哉はメリヤスのシャツに青褐《あおかち》の着物。着物は秩父から送ってきた上等で、使い古しの三尺帯《さんじゃくおび》が釣り合わない。

冷えた手を火鉢にかざしてちょっと揉《も》んでから、郵便の封筒に鋏《はさみ》を当てる。

封を切って取り出すのは雑誌『変態世界』秋号だ。表紙を開いたところに目次があって、巻頭に〝折原嘉寿哉〟と自分の名が載っていた。

〝大好評連載、第三弾『実録変態事件〜霊術ダンスホール始末記〜』〟とある。

硝子《ガラス》障子越しに外を見ると、庭の椿《つばき》が花をつけている。

御大典の祝賀で印刷所が休みとなり、原稿の遅れも手伝って、雑誌の発行がだいぶ延びた。秋号がいまごろ届くのは、だからである。

味噌汁《みそしる》のいい匂いが漂ってくる。

はたと思いついて嘉寿哉は髪を撫《な》でるが、そうやってもあまり変わらない。

バタバタと騒がしい足音を立てて、お櫃《ひつ》を抱えた鴨井琴枝《かもいことえ》があらわれた。

「お漬物は梅干しがいいですか？　それともお沢庵《たくあん》にしましょうか？」

学校に出る格好の上に、割烹着《かっぽうぎ》に姉さん被《かぶ》り。姉さん被りから太い三つ編みの先が飛び出して見えている。台所での奮闘の証拠に両のほっぺたが真っ赤である。

嘉寿哉は遠慮がちに返答する。

「どちらでも構いません。ありがとうございます」

鉞《まさかり》でも薙刀《なぎなた》でもなく、近ごろの琴太郎《キンタロ》ちゃんはたびたび菜切《なっき》り包丁を握っている。

女学校の前に寄り道して、異香庵に朝飯作りに通っているのだ。

〝後輩に薙刀の朝稽古をつけている〟と親には嘘《うそ》を告げている。

父親はすっかり騙《だま》されているが、料理についてあれこれ訊《たず》ねるので母のほうはどうやら娘の偽りを見抜いている。なのに顔をしかめて黙認している。

「お味噌汁はお豆腐と若布《わかめ》です。おかずの納豆をどうぞ、旦那様」

盛大にお焦げの混じった飯をてんこ盛りによそって、琴枝が〝旦那様〟と呼びつつ差し出した。

「いただきます。ときに登校の時刻は大丈夫でしょうか？」

「ええ、もちろん。琴枝のことより、どうぞご飯を召し上がれ」

すすめられて嘉寿哉は箸を取る。

ご飯は硬く、味噌汁は殺人的にしょっからい。納豆には醬油《しょうゆ》を差さずにおく。

琴枝が『変態世界』に目をとめる。

「まあ、ご本ができてきたんですね？」

「はい。郵便物を取ってきてくださってありがとうございました。おかげさまで秋号が仕上がりました」

「ちょっと拝見……まっ、いっとう先にお名前がありますわ！　琴枝、感激ですっ」

湯島の事件を題材になさったんですね？　と琴枝がはしゃいだ。

嘉寿哉はいったん箸を置いて、あらたまって頭を下げる。

「その節はお嬢さんにも大変お世話になりました。騒動の始末の際には、おおいに助けていただきました」

「いいえ、旦那様！　琴枝なんて、ちっともお役に立ちませんでした。賊どもを敵にまわして獅子奮迅《ししふんじん》のお働き、本当にお見事でした」

「いえ……勇ましいところなぞ少しもありませんでした」

自分で淹《い》れた番茶を一口飲んで、嘉寿哉は静かにそう答える。

味噌汁に豆腐と若布が浮くのを見つめながら事件を回想する。

湯島での出来事は表沙汰にならずにすまされた。

あの晩、舞踏場『むらさき倶楽部《くらぶ》』に集った客には政財界、社交界に加えて、軍警察関係者までがおり、断じて新聞沙汰にしてはならぬと各方面からお達しがあったという。

本富士署《もとふじしょ》の斯波《しば》刑事から後日そのように聞かされた。

ピリピリとホイッスルが鳴ったのを機に、斯波刑事らがバルコニーから突入した。

入れ違いに得体の知れぬ猛獣がざっと数えて二十頭ばかり、疾風《はやて》のようにダンスホールから飛び出し、駆け去った。

『いいい、いまのは何だ、大山っ』

『獅子ですか？　それとも狒々《ひひ》？　いずれにしろ外国産の獣に違いありません』

それより人がたくさん倒れていますと、刑事たちは取り急ぎ目前の惨状の処理に取りかかった。

自宅で待つはずの鴨井琴枝は、薙刀を手に『むらさき倶楽部』門前まで出張っていた。刑事の怒号を聞きつけ、みずからも舞踏場へと駆け入って、昏倒《こんとう》する仮面の客のなかから身長五尺四寸の母親を見つけ出し、

『お母様！　しっかりしてちょうだい、お母様。死んでは嫌。琴枝を置いていかないで！』

娘に激しく揺さぶられて鬼女の仮面が剝がれ落ち、鴨井夫人が正気を取り戻したのだった。

嘉寿哉はしばし呆然《ぼうぜん》と座り込んでいた。

胸に黒猫を一匹抱いていた。

「お代わりを召し上がってください、旦那様」

琴枝に言われて「あ、はい」と我に返る。

「このくらいで十分です。あとは握り飯にしてお昼にいただきます」

自分で握りますと断るが、琴枝がかいがいしく世話を焼く。卓袱台の向こうとこちらで握り飯を作る。

琴枝が嬉《うれ》しそうに言う。

「〝今度の折原くんの原稿もよかった〟と父が褒めていました。購読会員から寄せられるお便りでも、折原学士の文章が一番面白いと評判ですって」

「恐縮です」

「あいにく会員数があまり伸びないから、来年からは学術的な趣を改めて、小説誌のような格好で出すというのは本当ですの？」

「本当です。言うなれば仮面を着けるということです」

「そしたら旦那様は作家先生ですわ。琴枝、熱心なファンになりますわ！」

湯島の事件後、恩師鴨井とそのような相談をした。

夫人の不品行については知らせなかったが、琴枝を危ない目に遭わせてしまったことを正直に告げ、師に謝罪した。

自分の留守中、弟子と娘が危険な目に遭遇したと知った鴨井は、かねてから雑誌の売れ行きが思わしくないこととも考え合わせ、しばらく挑戦的活動を控えてみようと提案をよこした。

『むろん実地調査や取材はつづけてくれて構わん。しかし世の中が不況となると、荒っぽい手段をとる敵も多くなるだろう。大陸のほうからも何やらきな臭いニュースが聞こえてきている。世情が荒《すさ》むと暴力が横行するものだ。刃傷沙汰《にんじようざた》になぞなってはいけない。命がけの体当たりで悪を糾弾するというのでなしに、学術理論に基づいた架空小説という体裁にして発表するのはどうかね？』

真っ向勝負もいいが、搦め手《からて》から攻める戦術もあるよと肩を叩《たた》かれた。

海苔《のり》を炙《あぶ》りながら琴枝が、

「あの霊術家は捕まらなかったと父から聞いて、とても腹が立ちました」

「御厨《みくりや》薔薇《そうび》ですね。ええ、嫌疑不十分ということで釈放されたと聞きました。彼に騙されて不利益を被ったと申し出る被害者がなかったんです。仕方ありません」

真っ黒な海苔を眺めて、御厨の着ていたタキシードを思い出す。

『実録変態事件』第三弾はそれなりの好評を得るかもしれないが、和製ヴァレンチノとの対決で勝利を手にすることは叶《かな》わなかった。

御厨のみならず、今後も霊術やら催眠やらで人々を騙す輩《やから》は出つづけるに違いない。敵が手を替え品を替え悪事を働くのなら、こちらもいろいろな方法で闘うよりほかはない。

「学者先生でも作家先生でも、琴枝は力いっぱい応援しますわ」

琴太郎ちゃんが福笑いのおかめそっくりな顔をピカリと輝かせて声援を送ってくれる。柱時計がボォンボォンと鳴って、そろそろ登校時刻らしい。

嘉寿哉は思いついて訊《き》いてみる。

「お嬢さんは秩父を訪れたことがおありですか？」

「秩父ですか？　いいえ、ありません。お友達から夏休みに秩父で川下りをしたという話を聞きました。楽しかったとはしゃいでました」

「川下りと言えば長瀞《ながとろ》でしょう。実は縁ある土地なんです。近々出かけてみるつもりです」

印南《いんなみ》の伯父《おじ》に、先だって手紙を出した。すぐに戻って会社を手伝うつもりはないが、まずは一度そちらを訪れて挨拶がしたい。母の墓にも参りたい。生まれ故郷の空気を吸ってみたい、としたためた。

手紙を書いていて、ふと将来そこに暮らしている自分の姿を思い描いた。五年後か十年後か。

帝都東京はそのとき暗雲と火炎に包まれていて、秩父に身を寄せた自分と家族は運よく助かるのだという予感がはたと訪れた。千里眼の持ち主であった印南チカが見守ってくれているのかもしれないと、何とはなしにありがたく考えた。

秩父といえば、つい二日ほど前に百目鬼《どうめき》が来た。

秩父に帰った白峰《しらね》は、その後も息災のようだと知らせてくれた。

百目鬼は、一階を貸している蕎麦《そば》屋の主人を養子にすることに決めたという。

『いえね、この年まで結婚せずにきたもんですから、そろそろ後釜……失敬、跡取りを決めておかなくちゃと思いついたんです。瞳の綺麗な美形が好きなんです。三峰《みつみね》でお宝を返してもらって力も戻ったし、ぼちぼち潮時と考えました』

蕎麦屋には経営の才があって、不動産の事業もまかせるつもりだという。以後は自分の代わりに息子をよろしくと挨拶されて、とりあえず「こちらこそよろしくお願いします」と返事をした。

『秩父へ行ったら白峰さんに会いたいと思います。彼の連絡先をご存じですか？』

『犬神の？　さあ……でも先生が出かけていけば、きっと嗅ぎつけて向こうから出てきます。三峯神社へでも登って呼んでみたらいいでしょう』

『神社ですか。神職にってでもありますか？』

『ええまあ、そんなところです。そうそう、そのときは白峰くんじゃなくて〝妹さん〟が来るかもしれません。犬神は冬のあいだにまぐわって子を産むんです。もとい、男でなしに女が出てくるという話です』

『というと、白峰さんには妹さんもおありでしたか。お名前は何とおっしゃいますか？』

百目鬼社長が目玉をキョロリとくるめかして言った。

『名前は、そうですねぇ……青、朱、白と来たんだから、黄峰子《キネコ》さんとでも呼びますか。あらっ、狼《おおかみ》なのにネコ《猫》だって、いひ！』

琴枝を見送りに玄関へ出る。

「行ってまいります」と、まるで新婚の夫のように琴枝が登校していき、嘉寿哉は慎ましい新妻の体《てい》で「お気をつけて」と送り出す。

すっかり裸になった枝垂れ桜のほうに向けて手を合わせると、居間から新聞を取って縁側へ出る。

風はなく、日中にはだいぶ暖かくなりそうだ。

大木の椎《しい》が枝を広げて冬の陽射《ひざ》しを受けている。

秋の終わりに横枝を少し落とした。縁側に気持ちよく陽が当たるように伐《き》ったのだ。

新聞を広げて嘉寿哉は座り込む。

銀縁眼鏡の鼻当てをちょっと押し上げ、ゆっくり朝刊に目を通す。

広告欄には相変わらず霊術家の講習やら心霊研究家の著書販売の知らせが掲載されている。おとなりに新作映画の華々しい宣伝文句が躍っている。

〝和製ヴァレンチノ登場！　神秘キネマの意欲作『血と霊験』『熱砂の秘術』豪華二本立て！〟

主演は美形俳優御厨薔薇とあるのに気づかず、嘉寿哉は気分を変えようと数枚めくって小説欄を見る。

ちょうど今日が最終回で、明日から新しいのがはじまるようである。新連載は時代物で、少年主人公が剣術修行をしながら父の仇《かたき》を探し求める話らしい。

小説の書き手は〝期待の新人〟だが、挿絵のほうは人気の大御所に頼むとある。

〝高柳華月《たかやなぎかげつ》先生〟と名前が出ていて、嘉寿哉も聞いたことがある。

画家紹介の記事が添えてある。

〝血の滴るような美少年を描けば世に並ぶもののない華月先生だが、久しくインスピレエションの枯渇に悩んでおられた。ところが今秋、さる方の観菊会において某伯爵のお身内なる少年を見出《みいだ》した瞬間、まるで雷に打たれたかのごとく創作意欲が漲《みなぎ》られたとの由。烈々たる情熱をもって今作主人公を美々しく描き出し、読者諸兄をめくるめく物語世界へと誘《いざな》ってくださるに違いない〟

連載初回の挿画だろうか、前髪立ちの少年がキリとくちびるを噛《か》み、妖艶なまなざしでこちらを睨《にら》む図が載っている。

彼に似ていると嘉寿哉は思いつく。

秋の湯島で別れたきりの紫夜《しや》姫である。

いまごろどこでどうしているだろうかと思いを馳《は》せる。

……いつかまた出会うことがあるだろうか。出会えば、そのときこそ救い出せるだろうか。

新聞を畳んで脇に置き、陽射しを受けて目をつむる。

耳を澄ましているとほどなく、すと、と軽い音がする。

ひた、ひた、ひた、と忍び足の気配が来る。

膝のすぐ横に置いた新聞を、くしゃ、と踏む音がして、

「ニャァ」

期待どおりの声がした。

嘉寿哉は目を開けて呼びかける。

「やあ、猫くん。おはようございます」

ちっぽけな黒猫が一匹、甘えてすり寄っている。

以前から異香庵に居着く野良である。

尻尾《しっぽ》が二股に裂けている。

秋から片目が傷ついている。

最初は出たり入ったりだったのが、近ごろいっこうに余所《よそ》へ行く気配がないので、もう家猫も同然になっている。猫まんまを三食出してやり、寒い晩に布団に乗ったらなかに入れてやる。

「小春日《こはるび》です。ご飯を食べたらゆっくり昼寝をしてください」

ちょっと立って、先ほど握り飯を作る際に茶碗《ちゃわん》にとっておいたぶんに、薄めた味噌汁をかけ、鰹節《かつおぶし》を少し混ぜて出してやる。

猫は実に旨《うま》そうにペチャペチャと食う。

嘉寿哉はのんびりと新聞の話題やら、届いたばかりの雑誌のことやらを説く。用事の

ない日はたいていそうして過ごしている。

やがて餌を食い終えると、黒猫が膝に乗りにくる。指定席だから誰にも渡さないという顔つきで偉そうに乗る。

嘉寿哉はその背をじっくりと優しく撫でてやる。

目を細め、ゴロゴロと喉を鳴らすのは弐矢《にや》である。

椎の枝から襤褸《ぼろ》雑巾《ぞうきん》そっくりの青鷺火《あおさぎび》がこちらを見下ろしている。

〝何とも幸福そうですねぇ、猫の〟

〝ざまぁみろ、幸福さ〟

妖狐《ようこ》どもに責められ、妖気が尽きて、駄目押しで弁天四郎に変身してホイッスルなぞ吹いたので、危うく消え失《う》せるところだった。

猫に戻って気を失うところへ嘉寿哉が来た。

『駄目です！　ああ、駄目です！　目を開けてください』

涙だか汗だかがポトポトとこちらに落ちた。

ぎゅうと抱き締める腕が傷ついていて、怪我《けが》から滲《にじ》んだ嘉寿哉の血をちょっぴり舐《な》めたのだ。

銀木犀《ぎんもくせい》がふわりと漂い、不思議なことにわずかに妖力が湧いた。霧やら霞《かすみ》やらにならずにすんだのは、たぶんそれのおかげだ。

……知らんぷりで飼われてやろう。

肝を喰《く》って人間になるほどの元気はない。青鷺火と一緒だ。あとは獣姿で余生を送るのだ。

「猫くん、見てください。椿が綺麗です」

「ニャア」

嘉寿哉と二人きりがいいが、たびたび異香庵には客がある。

まず三日と置かずに琴太郎ちゃんが来る。うるさく追いかけて抱こうとするので、あらわれると隠れることに決めている。この調子では遠からず嘉寿哉が〝恋の相撲〟で寄り切られそうで心配だ。しかし、いつか自分が霞になって消えたなら、一人暮らしの嘉寿哉にわんさか虫螻《むしけら》が集《たか》りそうなので、虫除《むしよ》けの妻でもあったほうがいいかもしれないとも考える。

嘉寿哉が「先生」と親しげに呼ぶ鴨井とやらが来たときはびっくりした。向こうも目を丸くして驚いていた。

『やあ、折原くん。この猫を僕は知ってるよ。ほら、話しただろう、おチカさんの飼っていた黒猫だ！　あれと同じで尾が二股だ！』

ずいぶん長生きだ、秩父から出てきたかね、と懐かしそうに寄るので「フーッ」と威嚇してやった。実験だ何だと理由をつけては、しつこくチカに言い寄っていたヤツだ。

次に見たらひどく引っ掻《か》いてやるつもりである。

於六《おろく》、目の字もしきりと茶を飲みにやって来る。大川《おおかわ》の向こうで煙草《たばこ》屋の真似事《まねごと》をはじめたと言っている。知らん顔で人間の夫婦のフリで来るから、嘉寿哉のいないところで冷やかしてやる。

〝つるっぱげで首長の赤ん坊ができそうだ〟

於六が「弐矢ちゃんたら意地悪！」とひっぱたき、目の字が「猫に乱暴はよしなよ」となだめていた。

同宿の青鷺火とは、椎の枝に並んでよく夕焼けを見る。

いつかあんなふうに燃え尽きて闇に混じるんだと、せいせいした気分になる。

そのときまで嘉寿哉にべったり引っついて、思うぞんぶん幸せを舐めるのだ。

ごくたまに狼のことも思い出してやる。

妖狐どもの巣で別れて以来、一度も会わない。目ん玉社長によれば秩父に帰ったきりらしい。

会うにはどうしたらいいかなどと嘉寿哉が目ん玉に訊いていた。人語をしゃべるのは妖気の無駄遣いなのに思わず「よせよ！」と声を上げかけた。

「おや、眠くなりましたか、猫くん。しばらくこうしていますから遠慮せずに寝てください」

嘉寿哉に撫でられると気持ちがよくて、すぐとろとろだ。

昼も夜も、空も地面も、大人も子どもも、男も女も、それから化け物も人間も……境目も何もかもがどうでもよくなって、ただただ幸せになる。

「ニャァ……」

ときどき不思議なことがある。

眠っていると、嘉寿哉がそっと小声で「弐矢」と呼ぶ。

上等の飴玉《あめだま》を不意に口に放り込まれた気分になって、ピクピク髭《ひげ》が震えてしまう。夢に違いないから覚めないように知らないフリで目を閉じておく。

小難しい講釈が耳のそばを過ぎていく。

「弐矢……君たちが見せてくれた奇跡的場面を、僕は非常に貴く感じます。育ての母が語ってくれた〝隠世《かくりよ》〟を、特別待遇でチラと垣間《かいま》見せてもらった気でいます。本来、人間に対して閉ざされている世界に違いありません。あのときの経験を経ていまでは、物事は全部が全部明らかになればいいというものではないと感じています。変態世界にしろ異世界にしろ、それらは当然存在するものとして、ごく自然に僕たちは尊重し、敬遠して暮らしていくべきなんです。言うなれば、ご近所で隣人です。他人の家に土足で踏み込んではいけません。人と人、人と獣、獣と獣……気が合えば近くで暮らせばいいし、合わなければ静かに遠ざかる。自分と異質な存在をむやみに恐れず、何とはなしに認めて、当たらず障らず生活する知恵が大切です。がっちり肩を組んで酒を飲むばかりが仲よいこととは限りません。そもそも僕はそういう質《たち》ではありませんから、君たちに迷惑をかけず、上手に暮らすと約束をします。だから、弐矢……こうして安心して、できるだけ長く、よき隣人でいてください」

遠くでラジオが鳴っている。

流れるリズムはジャズである。

カサコソ枯葉のこすれる音がする。

気持ちがよくて仰向《あおむ》けになると嘉寿哉が腹を撫でてくれる。

夢見心地で弐矢はつぶやく。

〝隣人、じゃないさ。猫さ〟

参考文献

『コレクション・モダン都市文化　第4巻　ダンスホール』
和田博文 監修、永井良和 編　ゆまに書房
『学術上より観たる怪談奇話』田中香涯 著　大阪屋号書店
『現代社会の種々相』田中香涯 著　日本精神医学会
『心霊現象の科学』小熊虎之助 著　新光社
『昭和恐慌下の秩父織物業―工業組合の成立と産地再編成―』
田中均 著　地理学評論 60（Ser.A）-4　日本地理学会
ほか

本書は、集英社文庫のために書き下ろされた作品です。

本書はフィクションであり、実在の団体、地名、人名などには一切関係がありません。

集英社文庫

真堂 樹

帝都妖怪ロマンチカ

～猫又にマタタビ～

猫又の弐矢は、愛した女に瓜二つの
美貌の青年・嘉寿哉とめぐり逢い……。
モダン帝都の薄闇に、あやかしたちが跋扈する。
「四龍島」シリーズ真堂樹の真骨頂！
妖しく耽美なアングラ妖怪絵巻。

好評発売中

集英社文庫

帝都妖怪《ていとようかい》ロマンチカ　～犬神《いぬがみ》が甘噛《あまが》み～

2023年5月25日　第1刷　　定価はカバーに表示してあります。

著　者　真堂《しんどう》　樹《たつき》
発行者　樋口尚也
発行所　株式会社　集英社
東京都千代田区一ツ橋2-5-10　〒101-8050
電話　【編集部】03-3230-6095
【読者係】03-3230-6080
【販売部】03-3230-6393（書店専用）
印　刷　図書印刷株式会社
製　本　図書印刷株式会社

フォーマットデザイン　アリヤマデザインストア　　マークデザイン　居山浩二

ISBN978-4-08-744527-5 C0193